酔怪（すいかい）

加藤一 編著

竹書房文庫

※本書に登場する人物名は、様々な事情を考慮してすべて仮名にしてあります。また、作中に登場する体験者の記憶と体験当時の世相を鑑み、極力当時の様相を再現するよう心がけています。現代においては若干耳慣れない言葉・表記が登場する場合がありますが、これらは差別・侮蔑を意図する考えに基づくものではありません。

巻頭言

箱詰め職人からのご挨拶

加藤 一

「恐怖箱 酔怪」は、酒に纏わる実話怪談集である。

実の所、酒、酒場というのは、怪談と因縁が深く相性もよい。

例えば御神酒。神社の神様への供え物には酒は欠かせないし、清めだ何だと酒を撒いたりもするし。則ち、「酒は神聖なるもの」という位置づけである。

一方、酒場での怪談といえば定番中の定番だ。酒場の暗がりに棲み着く〈何か〉、その場所に囚われた姿なき常連客に関する逸話は後を絶たない。

そして、酒場というのは怪談の仕入れ先であったりもする。飲み屋のカウンターでたまたま隣り合い、たまたま意気投合した見知らぬ誰かから聞かされる怪異譚。飲みに誘った友人が酒の力を借りてぽろりと零す意外な心霊譚。そうした酔客の話に黙って耳を傾ける、バーテンダーだけが知っているとっておきの怨霊譚。

飲める者、控えている者、てんで飲めない者——各々酒量の異なる蒐集者達が、酒瓶の底に沈む怪異を求めて、今宵いつもの酒場の扉を開く。

本書は不安と不吉を湛えたグラスである。飲み干しても消えない醒めない悪夢を御一献。

目次

隠し味

村山さんはその日、武藤さんの夕食に招かれた。

武藤さんは個人で料理教室を開いている。今回は、その教室に出す創作料理の試食会だという。

招待されたのは、村山さんを含めた隣近所の主婦三名。

当然のことながら、次々に運ばれる料理はどれも美味しい。

特に凝ったことはしていないように思えるのだが、何とも言えない旨味がある。

苦みとも渋みとも付かない隠し味が効いているように思えた。

何をどうすればこうなるのか、まるで想像できない。

考えに考え抜いた結果、村山さんは一つの解答に辿り着いた。

一般人が知らない、特別な調味料を使っているのではないか。

単刀直入にそう言うと、武藤さんは愉快そうに答えた。

「半分正解。調味料っていうか、お酒ね。特別な場所で熟成させてるから、ちょっと手に入れ難(にく)い代物なの」

それだけで、この深みが出るとも思えないが、それ以上は何を言っても受け流された。

いわば企業秘密であり、武藤さんのそういった行為も当然だ。

それは分かるけれど、せめて酒の銘柄ぐらい教えてくれたらいいのに。

そう思った村山さんは、突拍子もない行動に出た。

この町はゴミの分別が徹底され、ガラスの瓶は資源ゴミとして回収される。

その回収日に、武藤さんの家から出る酒瓶を調べたのである。

何度か空振りし、三度目にしてとうとう武藤さんが出した瓶を手に入れることができたという。

ワインの瓶が二本、日本酒の瓶が一本。いずれも、ありふれたメーカー品だ。簡単に手に入るものばかりである。

中身は綺麗に洗ってあり、味見はできなかったが、手に入れ難い酒などというほどではない。

あのときの武藤さんの言葉は、出まかせとしか思えない。

その後、創作料理のお披露目に呼ばれるたび、村山さんはそれとなく台所を見回した。

特別な瓶らしきものはない。この前、ゴミに出されたものと同じ瓶があるだけだ。

ありきたりの素材を使い、素晴らしい料理を出すからこそプロなのだなと結論を出すしかなかった。

それから半年ほど経ったある夜のこと。

帰宅した夫がスーツを脱ぎながら、不思議なものを見たと話し出した。

「あのさぁ、変な場所で武藤さんを見たんだけど」

夫が出向いた工場の近くに落書きだらけの廃屋があったのだが、武藤さんがそこに入っていくのを見たという。

工場の従業員にそれとなく訊ねると、地元で有名な心霊スポットだと教えてくれた。

面白半分に来る人間が絶えないのだが、中には救急車で運ばれていく奴もいるとのこと。

そこまで話した従業員は、背中越しに何かを見て顔を顰めた。

「あ。あの女、また来てたのか」

振り返ってみると、今まさに武藤さんが廃屋から出てくるところであった。

武藤さんは、両手にワインの瓶を持っていた。

「従業員が言うには、何カ月かに一度、ワインとか日本酒を持って入っていくんだってさ。一時間ほど出てこないらしいよ。中で酒盛りでもやってんのかな」

翌月、例によって村山さんは創作料理のお披露目会に招かれたが、丁寧に断った。

今後一切、行くつもりはないとまで言い切った。

ムッとした顔つきの武藤さんに向かい、村山さんは廃屋のことを問い詰めた。

「あら。見られちゃってたか」

悪びれもせずに笑いとばされた。

今でも料理教室は盛況である。

心霊スポットで醸(かも)した酒を使っているから止めたほうがいいなどと言える訳もなく、見守るしかないという。

10

最後の笑顔

会社員の朋永さんが高校生のとき。
英語の授業中、担当の前原先生がその場に倒れた。
突然のことに生徒達は驚いた。
近くの席にいた生徒が様子を見たが、意識がない。
職員室へ教師を呼びに走る。
間もなく救急車が呼ばれ、先生はそのまま病院に運ばれた。
それから間もなく。
前原先生の意識は戻ることなく、病院で息を引き取ったと生徒達にも報告があった。
心筋梗塞だった。

前原先生は高齢で、生徒指導と授業がとても厳しいことで有名だった。
彼のことをあまり良くは思ってない生徒も多数いたが、亡くなったと聞いて一様に驚きを隠せなかった。

朋永さんも含めた複数の生徒達が、お通夜に出席することになった。

参列した生徒達は順番にお焼香をした。

その際、奥の部屋では前原先生の関係者と思われる方々に酒と料理が振る舞われていた。

和室で酒を飲みながら、交友のあった方々が生前の先生の話に花を咲かせている。生徒達にとっては厳しく、やや鬱陶(うっとう)しいところもあったが、やはり悪い人ではなかったようだ。


学校関係者のお焼香が済み、戻ろうとしたとき。

「あっ、前原先生がいる」

そんなことを言い出す生徒が現れた。

「本当だ。あそこで楽しそうにビールを飲んでるの、あれ前原先生だよね」

奥の和室。

そこで酒を飲む大人達に混ざって、前原先生が一緒にビールを飲んでいる。

目撃したのは、その場にいた生徒達。ほぼ全員だ。

「えっ、でもこれって先生のお通夜でしょ」

確かに前原先生は亡くなったはずだ。でもあそこでビールを飲んでいる。

目撃した生徒達は混乱した。

皆が「何故、そこにいるのか」と思ったが、誰一人声を掛けることができなかった。

「だって先生が、あまりにも楽しそうに笑いながらビールを飲んでいたから」

校内ではいつも厳しかった先生のそんな笑顔を、生徒達は誰も見たことがない。

それが最後の笑顔だった。

写真

安西さんは年末、現在は兄夫婦だけが住む実家に一人で帰省した。

彼の中学三年生になる一人娘と奥さんは、受験勉強のために東京に残ることになったので、男一人の寂しい帰郷となった。

「紀子ちゃんも来年は高校生かぁ、まあ今回は一人でゆっくりしていけ」

そう言って、兄夫婦は安西さんを温かく迎えてくれた。

安西さんは実家に上がると挨拶もそこそこに、仏壇に向かって御先祖様や亡くなった両親に手を合わせた。

安西さんの父親は十年前に他界し、母親も三年前に夫の後を追った。

母親は孫娘である紀子さんを特に可愛がっていたので、安西さんは「母ちゃん、紀子に力を貸してやってくれ」と念入りにお願いをした。

その夜、安西さんは兄嫁の振る舞う料理に舌鼓を打ちながら、兄達と思い出話に花を咲かせた。

だが兄夫婦と酒を酌み交わしている内に日頃の疲れが出たのか、安西さんは猛烈な眠気に襲われた。

「今日はもう寝ろよ、大広間に布団が敷いてある」

兄が気を遣ってそう言ってくれたので、安西さんは早々に寝床に入ることにした。

大広間の壁には額縁に入った安西さんの両親の写真がそれぞれ飾ってあった。

生前、二人はこの大広間で寝ていたのだ。

「父ちゃん、母ちゃん、お休み」

安西さんが布団に入ろうとしたとき、彼は母親の写真がおかしいことに気が付いた。

写真が湿気か何かで縮んでしまい、まるで母親が顔を皺くちゃにして泣いているように見えたのだ。

「こいつは酷い、母ちゃんが可哀想だ……」

安西さんがそんなことを思っていると大広間に「おい、明日はなぁ」と、翌日の予定を告げるために兄が入ってきた。

「兄貴、母ちゃんの写真、新しいのに取り替えてやれよ」

安西さんにそう指摘されると兄も母親の写真を見るなり顔を顰め、「ああ、いけない、ここ最近忘れていた」と言った。

首を傾げる安西さんを無視して兄は母親の写真の入った額縁を外し、床に置いた。

そして一旦、大広間を出ていくとすぐに戻ってきた。

その手には何故か日本酒の一升瓶が握られていた。

「兄貴、何をするつもりなんだ？」

安西さんが訊ねると、兄は「まあ、見ていろ」と一升瓶の栓を抜いた。

そして日本酒を母親の写真上に注ぎ始めた。

「おいおいっ、何をやっているんだよ？　辺り一面酒まみれになるじゃないか」

しかし、安西さんの心配をよそに、兄は豪快に酒を母親の写真に振りかける。

「……なんだこれは？」

安西さんの予想では、振りかけられた酒は額縁のガラスに跳ね返って辺りに飛び散るはずだったが、実際はそうはならなかった。

注がれた酒は母親の写真にどんどん吸収されていく。

同時に写真の皺が伸びていき、母親も元の笑顔に戻っていく。

そしてとうとう母親の写真は、酒を一滴も残さずガラス越しに飲み干してしまった。

今や写真は皺一つなく新品のようになり、母親の顔は心なしか赤みを帯び、程よくアルコールが入って気持ちが良さそうに微笑んでいるようにすら見えた。

「兄貴、これはどういうことだ？」

安西さんが訊ねると、兄は空の瓶を軽く振りながら笑って答えた。

「お袋は生前、酒は苦手だって言っていただろ？　あれは嘘だ。父親や周りの親戚、そして世間の手前、下戸を装っていたけど本当はうわばみみたいな酒豪だったのさ。だから死んだ後くらい、好きに飲ませてやらないと写真があぁなってしまう」

確かに生前、いつもお淑やかな雰囲気を放っていた母親は、人前でアルコールを飲む姿を殆ど見せたことがなかったが、実際はそうだったのかと安西さんは唸った。

兄は母親の写真を壁に掛けると、「また飲ませてやるからな」と優しく言った。

「知らなかったなぁ、あの母ちゃんが酒豪だったたなんて……」

安西さんは、今度は父親の写真の変化に気が付いた。

額縁の中で父親は顔を真っ赤にして鬼のような形相をしている。

明らかに何かに対して怒っているのは確かだ。

「兄貴、親父のあれはどういうことだ？」

すると兄は手を振って「ああ、放っておいていい。親父は自分も飲みたくてあんな顔しているけど、酒のせいで身体壊して皆に散々迷惑掛けて死んだだろ？　いい気味だ。どうせ写真の中で怒るだけで毎回何も起きないよ」と笑いながら大広間から出ていった。

父親は生前、大酒飲みで医者から止められても飲むのを止めずに内臓を壊し、その治療や看病などで母親や兄夫婦に随分と苦労を掛けていたことを思い出した。

女神のように微笑む母親と鬼の形相で睨む父親の写真。

その二つの顔に見下ろされながら安西さんは布団に入ることにした。

「親父、そんなおっかない顔しやがって。あっちでも母ちゃんに迷惑かけるなよ」

安西さんは二人の写真に軽く手を合わせて寝ることにした。


翌朝、父親の写真は元の顔に戻っていた。

汲めども尽きず

柳下さんはワンルームマンションで一人暮らしをしている。彼は日本酒が好物で、寝る前に必ず晩酌をする。

ある日、臨時収入で懐が暖かくなったので、たまにはいい酒が飲みたいと酒屋に足を運んだ。店主の勧めもあって、一升瓶で三千円ほどする酒を購入した。普段飲んでいる酒の倍ほどの値段である。

その晩に、早速買ってきた一升瓶の口を切り、グラスに注いで飲み始めた。冷蔵庫でよく冷やしてある。冷酒である。

ああ、やはり高い酒は違う。まず口に含んだ時点で香りが鼻を突いて広がっていく。

気が付いたらつるつると盃を重ねてしまっていた。これではまずい。

そう思って毎晩グラス二杯飲むと決めたが、ついつい飲み過ぎてしまう。

予定よりも早く瓶の中身が減っていく。あと数杯で空になる。

思ったよりハイペースで飲んだことを後悔した。これからは舐めるように飲まねばなるまい。

柳下さんは、グラスに残った一滴を舌を伸ばして舐め取った。

数日後のことである。冷蔵庫から殆ど空の一升瓶を取り出そうとして、柳下さんの手が止まった。

重い。酒瓶の中身が満杯になっている。

——ええ？　俺、寝ぼけて水でも入れたか？

瓶の中身をコップに注いで匂いを嗅ぐ。酒の香りだ。

口に含んで見ても水っぽさがない。先日までと味は変わっているが、上等の酒だ。

美味い。

今まで飲んだことがない味わいである。

本来なら不思議だ、不気味だと思うのが先であろうが、根っからの呑んべえである柳下さんは、酒が増えてくれてラッキーだとしか考えなかった。

再び一升瓶の半分を切る頃には、また酒が瓶の首まで満ちている。

凄い。一生酒には困らないじゃないか。

これは素晴らしい。最高だ。もうどんどん飲んでしまおう。

その夜は瓶の半分まで飲み、冷蔵庫に戻しておいた。

夜中、柳下さんはキッチンから聞こえる物音で目が覚めた。

部屋の電気を点けると冷蔵庫が半開きになって光を放っている。

冷蔵庫の対面には、ユニットバスの扉がある。そこに何者かの影が駆け込んでいった。

誰だ。不審者にしても子供のように背が低い。

柳下さんはキッチンの電気を点けると、ユニットバスのドアまで駆け寄った。

恐る恐るドアを開くと、明らかに人ではない「何か」が立っていた。服は着ていない。全裸である。緑色の異形であった。人というにはあまりにも違和感があった。

それが洗面台の前で手に一升瓶を手に、前屈みになっている。

股間にぶら下がった逸物を、一升瓶の口に押し付けている。その先端からは液体が噴き出していた。

柳下さんはパニックになり、大声を上げた。

緑の肌の異形は、その声にビクッと肩を震わせると、持っていた瓶を落としてバスルームのカーテンの向こう側に飛び退(すさ)った。

柳下さんはカーテンを捲ったが、もうそこには何もいなかった。

洗面台の床には、杉の樽香の薫る液体に満たされた一升瓶が残されていた。

上がり込み

早坂さんは酒好きとして社内に知れ渡っていた。

ビール、日本酒、ウイスキー、種類や味は全く問わない。

とにかく酔えれば良い。

そんな早坂さんが、いきなり断酒宣言をした。

訳を訊いても、なかなか話そうとしない。それでもどうにか聞き出したのだが、素直には信じられない理由であった。

最近、酔って帰ると他人の家に上がり込んでしまうというのだ。

何だそれはと皆が笑うのも無理はない。

だが、話を聞く内に、その場は徐々に静まり返っていった。

「上がり込む家は一軒だけなんだ」

早坂さんの自宅の真向いにある家だという。

新興住宅地ということで、同じハウスメーカーによって建てられた家が多い。

が、その家と早坂さんの家の外見は似ても似つかないらしく、多少の酔いで間違えるはずがなかった。

「始まりは先月の初め。送別会があったろ、あの日だ」

前後不覚とまではいかないが、かなり酔っていたのは確かであった。

自宅付近でタクシーを降り、ふらふらと歩き出したのまでは覚えている。

ああそうだ、鍵を出さなきゃ。鞄に手を突っ込んで探しながら歩く。

その辺りから記憶が曖昧になっている。

気が付いたとき、真っ先に身体が違和感を覚えた。

ソファーが柔らか過ぎる。それに加え、ゆったり足を伸ばせるほど大きい。

月明かりが差し込む室内は、明らかに自宅とは違う様子だ。

「何処だ、ここは」

思わず声が出た。返事をする者はいない。一気に酔いが醒めていく。

酔っ払った勢いで他人の家に入り込んでしまったのではと焦った早坂さんは、とりあえず外に出ようとした。

だが、玄関が分からない。この家の人に見つかるのは何としても避けたい。

幸い、靴はソファーの下に揃えて脱いであった。となると選択肢は一つである。

早坂さんは窓を開けて庭に降りた。

外の景色に見覚えがある。自宅付近であるのは間違いない。

勘を頼りに二、三歩進むと門扉が見えてきた。

真向いにあるのが我が家だ。ということは、この家は。

早坂さんは嫌々振り向いた。表札には石倉と記されてある。

つい最近、一家心中があった家だ。


家に上がり込んだのは、その一度だけではない。

それ以降、酔って帰るたびに石倉家のソファーで目覚めてしまうのだという。

石倉家と格別、仲が良かった訳ではない。町内会でも会話を交わした覚えがない。

主のリストラと妻の病気が重なったのが心中の原因であり、売却先で揉めに揉めて家は家具もろとも残されている。

風の噂に聞いたのはその程度である。それらは殆どが公然の秘密であり、町内中に知れ渡っていた。

要するに、早坂さんと石倉家は無関係と言っても良いぐらいだ。

それなのに何故、自分が選ばれたのか。というよりも、自分を家に招いてどうするのか。

「全く分からないから飲むのは止めた」
早坂さんは憮然とした表情で話し終えた。

それから数カ月後。
早坂さんが意気揚々と飲み会に参加を表明した。
石倉家がようやく解体され、更地になったというのだ。
「これで好きなだけ飲めるよ」
久しぶりの飲み会で、早坂さんは満面に笑みを浮かべながら鯨飲(げいいん)した。
千鳥足で帰る早坂さんを皆も安心して見送ることができたという。

だが、真夜中、早坂さんが目覚めた場所は自宅ではなかった。
何処ともしれない墓地である。
目の前の墓石に、石倉家先祖代々と刻まれていたそうだ。

帰巣本能

酒を飲み過ぎて人事不省に陥ったとしても、自宅までどうにかして辿り着いていたという話を頻繁に耳にする。

これは酔いどれに備わった一種の帰巣本能だとでも言うのであろうか。

この驚くべき本能の持ち主である、吉村さんの話である。


「いつからだったっけ？　うーん、よく覚えてないんだよなあ」

くたびれた鼠色のスーツを身に纏った吉村さんは、額から溢れ出てくる汗を盛んに拭っている。

他の人と極力目を合わせないようにするその仕草から、意図せずとも彼の性格が読み取れる。

店の人はもちろん、面と向かって話している私からも自然と視線を外しているようだ。

「私って、ほら。この通りの人見知りなもんですから」

そう言って照れた笑いを浮かべているが、話によると、ある方法でいとも簡単にこの性格が豹変するらしいのだ。

それは、酒である。

彼の体内に一滴でもアルコールが入ると、人が変わったかのように強気な性格に早変わりしてしまうらしい。

彼は両親とも酒を一滴も飲まない家庭に生まれ育って、学生時代も酒を飲むような機会には恵まれなかった。

そして就職して二十年近く経つまで、彼自身酒が飲めない人だと、何の根拠もなしに思い込んでいたのである。

だがあるとき、会社の酒席にていつも通り烏龍茶を飲んでいると、急に身体の高揚を感じた。

「まるで宙に浮いているような妙な感覚で……」

実はこの烏龍茶には、同僚が面白半分にウイスキーを混ぜていたのである。

吉村さんは自分でも驚くほどの積極性を見せて、同僚や上司に盛んに話し掛けた。

そこにはいつものような陰気さは一切感じられない。

その日から、社内での彼の立場は一変した。

上司や同僚も、盛んに飲みに行こうと誘ってくる。

彼の変わり身を面白がっていたのかもしれないが、とにかく頻繁に酒を勧めてくるのであった。

「はっきり言って私も、酒があんなに美味いとは思わなかったもので」

幸か不幸か、彼は酒なしでは生きていけない人間になってしまった。

仕事の後で飲みに行かない日はなかったし、休みは休みで朝から酒を飲む始末。

しかしアルコールに強い体質だったのか、したたま飲んでも決して酔い潰れはしなかった。

だが、ある晩のこと。

うわばみと評判の上司と飲み比べをするはめになった。

今まで以上に浴びるようにウイスキーをがぶ飲みした吉村さんは、途中で意識を失ってしまった。

限界を超えた上司が酩酊状態でタクシーに乗り込むのを見て笑っていたところまでは覚えているのだが、その後の記憶は全くない。

まだ暗い時間に目覚めたとき、彼は見知らぬ場所で横になっていた。

季節は晩夏だったので、そこは助かったのかもしれない。

露出した皮膚をボリボリと掻きむしりながら、吉村さんは目が覚めた。

まず最初に目に入ってきたものは、弱々しい月明かりに照らされた、壁紙の剥がれ落ちた汚い天井であった。

そして自分の寝ている所が、黒黴の生えた腐った布団の中だと知って、一気に酔いが覚めてしまった。

身体中を両手で何度も叩くと、口内から溢れ出てくる唾を幾度となく辺りに吐き出す。

不安そうに辺りを行き交う彼の視線が捉えたものは、とうにガラスを失った窓枠であった。

そこから見渡す景色から判断するに、何処かの建物の二階と思われた。

そして彼の目線が部屋の端へと移ったとき、ゴミの山に隠れた下へと向かう階段を垣間見た。

おっかなびっくり階段を下りていくと、彼の足が止まった。

階下は全体的に朽ちており、辺りに物が氾濫していたが、辛うじて玄関口を発見することができた。

ひょっとして開かないんじゃないかと一瞬焦ったが、その心配を嘲笑うかのように扉はあっけなく開いたのである。

それからのことである。

彼はほろ酔い程度になっただけで、必ずといっていいほど記憶を失うようになってしまった。

酒量も微々たるものであったし、以前の彼であったなら何も問題がないはずである。

しかし、いい気分になってこれから飲むぞ、といった辺りで意識を失ってしまう。

そして必ずある場所で目を覚ましてしまうのだ。

そう、あの古ぼけた廃屋の一室である。

その住人を失って久しい建物は隣町の外れにあり、彼の住むアパートからはもちろん、勤めている会社からも相当離れている。

かなり入り組んだ場所にあって、土地勘のない彼が意識してここを見つけ出すことは、到底できそうもなかった。

元々は小綺麗な二階建ての一軒家であったのだろうが、その面影を感じることはできない。

玄関だと思われる所には雑草が生い茂り、人の侵入を防いでいる。

扉の脇には表札が掛かっており、文字が薄れていて判読が難しいが、「鈴村」と読める。

玄関の向かって左側には、今にも腐敗しそうな木の墓標が立っていた。

その前には、かつて水を供えていたのであろうか、この場所には不似合いな可愛いキャラクターが描かれた子供用のコップが置かれてある。

当然だが水はとうに蒸発し、代わりに落ち葉や昆虫の死骸が溜まっていた。

一体どうして、こんな廃屋で目を覚ますのであろうか。

幾ら考えても答えは出なかったが、とにかく彼と鈴村家とは一切関わりがないことだけは確かである。


吉村さんの精神は限界に近付いていた。

飲みに行くたびに、何度も何度も同じことを繰り返していたのであるから当然とも言える。

たとえ自室で独り酒を愉しんでいたとしても、いつの間にかあの場所で目が覚める。

わざわざ住み慣れたアパートを抜け出してまで、縁もゆかりもない鈴村家の一室で目を覚ましてしまうのである。

ある晩、飲み目的で泊まりにきた同僚の佐々木さんに頼みこんだことがあった。

「何があっても私をアパートから出さないでくれって、お願いしたのですが……」

結果は、何も変わらなかった。

相変わらず例の廃屋で目を覚ましてしまい、落胆しながらアパートまで辿り着いた。

役に立たない同僚を非難しようとしたが、その佐々木さんは布団に包まってぶるぶると震えているではないか。

「……勘弁してくれ。勘弁してくれ。勘弁……」

幾ら話し掛けても、同じことを口走るばかりで埒（らち）が開かない。

暫く経って落ち着いてから訳を聞いたところ、とんでもないことを語り始めた。

状況はこうである。

二人で飲んでいると、いきなり吉村さんの様子がおかしくなった。

……アキコ、アキコ。ああ、アキコっっっっっお！

絶叫しながら玄関に向かおうとする吉村さんを、佐々木さんは必死で宥（なだ）めた。

しかし、彼はまるで聞く耳を持たない。

信じられないような力を発揮して、佐々木さんを吹っ飛ばしながら玄関を出ていったのである。

思わずムッとした彼は、床に転がっていたビール瓶を片手に吉村さんの後を追った。

頭に来た佐々木さんは、吉村さんの頭をぶん殴ってでも止めようとしたのである。

肩をいからせながら玄関まで辿り着くと、目の前が朧になり始めた。

佐々木さんの視界が、まるで靄（もや）が掛かったかのように霞んでいく。

そのとき、彼の呼吸が一瞬止まった。

黄色い帽子を被った幼児がいきなり佐々木さんの目前に出現したのである。

黒く落ち窪んだ眼窩（がんか）からは、丸々と太った象牙色の幼虫が次々に湧き出してくる。

唇が朽ちて虚ろな口からは、幼虫だけでなく生臭いを通り越した激臭が吐き出され、それが容赦なく佐々木さんを責め立てた。

異形な存在に加えて強烈な吐き気に襲われて、彼はその場でしゃがみ込んでしまった。

そのとき、ぽっかりと開いた幼児の眼窩から視線を感じ、凍りついた。

しゃがみ込んで動けなくなった彼に、幼児はぬぅっと顔を近付ける。

「……すすすすぅずぅむぅらぁあああああ……あきぃいいいいいこぉ……でえすぅ……」

その一言で、佐々木さんの精神力は一気に崩壊してしまった。


「どうやっても、例の場所へ向かってしまうんです……」

吉村さんは頭を垂れた。滴り落ちてくる汗が数滴、ナプキンを濡らした。

「私、どうすればいいんでしょうね？」

既に半ば諦めているのであろうか。他人事のような抑揚のなさで、吉村さんは言った。

「あのう、これって酒を止めたら、どうでしょうか？」

何げなく提案した私の一言を、彼は言下で拒否した。

「ダメです。それだけは絶対にダメです！」

温厚そうな吉村さんの顔色は一気に紅潮し、唾を飛ばしながらこう言った。

彼曰く、酒を止めることだけは絶対にあり得ない。

もはや彼の生活から酒を除くことは、死を意味するようになっていたのである。


吉村さんが必ず目を覚ます、今にも朽ち果てそうな廃屋の一室。

果たして彼が酔っ払ったときのみ現れる、所謂帰巣本能が関係しているのであろうか。

もしこの本能が事実だとすれば、最終的に彼の還る場所はあの廃屋なのかもしれない。

しかし、この推論を話す訳にはいかなかった。

臆病な吉村さんの場合、そんなことを想像しただけで、より一層酒に逃げてしまうであろうと予想できたからである。


後日、例の廃屋を一度確認したい旨を吉村さんに申し込んだところ、にべもなく断られてしまった。

理由は全く教えてもらえず、一方的に喧嘩腰な口調で電話を切られた。

彼に何が起きているのかは全く分からないが、電話口から聞こえてくる声に違和感を覚えたことは間違いない。

明らかに呂律(ろれつ)が回っていない彼の声とともに、小さい女の子の笑い声が聞こえてきたのである。

これ以降、吉村さんとは音信不通になってしまい、あの女の子が何者なのかは全く分からない。

賞金五万円

　岸井竜一さんには橋爪という幼馴染みがいて、小学校から高校まで同じ学校に通っていた。橋爪は細身の優男でいつも服装や髪形を気にしており、ブランド物の洋服を好んで集めていた。トレンディ・ドラマのような洒落た生活に憧れていたらしい。

　昭和の末に橋爪は大学へ進んだ。二年の夏休みが来ると、地元から遠く離れた有名な観光地へ行き、ブティックで住み込みのアルバイトを始めた。秋までの期間限定だったが、仲間がいなくて寂しいのか、すぐに毎晩のように電話を掛けてくるようになった。

「こっちには心霊スポットが幾つかあるんだ。竜ちゃん、そういうの好きだろう。遊びに来てよ。面白そうだけど、一人じゃ行けないからさぁ」

　その観光地まで行くには車で四時間近くも掛かる上に、心霊スポットなら地元周辺にもたくさんある。既に社会人として働いていた岸井さんは、当初、乗り気ではなかった。

　だがある晩、橋爪がこんな話を始めた。

「昨夜、ブティックのオーナーとスナックで飲んでいたら、オーナーが知ってる二軒のホテルの関係者が来て、四人で飲むことになったんだ。それでね、山奥に廃屋があってさ……」

そこは一家心中があった廃別荘で、一泊できた勇者がいれば両ホテルから一人当たり五万円の賞金を出す、というのだ。バブル景気の時代で儲かっていたのだろう。

「それ、本当か？」

「うん……いや、多分……。僕は、そう聞いたよ」

「本当なら面白そうだな。賞金稼ぎに行ってみるか」

岸井さんは興味を覚えた。その晩の内に地元の仲間達に電話を掛けると、二人が喜んで話に乗ってきた。どちらも同い年で、高校時代に陸上競技の選手として活躍した岡野と、アニメとフィギュアが好きなでっぷりと太った青年、金田である。岸井さんが車を出すことにして、土曜日の朝から三人で出発することになった。

午後になって現地に到着すると、まず橋爪と合流して車に乗せる。

「ごめん。僕は明日仕事で、夜明かしはできないんだ。道案内はするけど、途中で帰るよ」

「朝まで一緒にいて、そこから出勤すればいいじゃんか」

岸井さんがそう言うと、橋爪は大きな溜め息を吐いた。

「無理だよう。夏は夜も朝もシャワーを浴びないと、気持ち悪いもん。綺麗なベッドがないと眠れないいし。それに不潔にしてると、オーナーやお客さんに嫌がられるからねえ」

岸井さんは苦笑しながら、賞金を懸けているホテルの一軒へと車を走らせた。そこで橋爪から、コックの服装をした〈料理長〉らしき白髪頭の男性を紹介された。男性は真顔で、

「成功したら本当に金は出すよ。ただ、何かあっても責任は持てないし、かなり危険だぞ」

と、忠告してきた。

（ははあ。金を出したくないから止めようとしてるんだな）

岸井さんは胸中で笑った。

その場で簡単な話し合いをしてルールを決めたという。

●橋爪は参加しないので、中立の立場として監視役となること。
●橋爪は廃別荘に三人が到着したことを確認したら、岸井さんの車でホテルへ引き返し、料理長に報告する。ブティックの宿泊所は近いので歩いて帰ること。
●車は夜通しホテルの駐車場に駐めておくこと。朝になったら橋爪が車を運転して三人を迎えに行き、三人が廃別荘にいることを確認すること。

岸井さん達は蕎麦屋で夕食を済ませた後、別の心霊スポットを訪ねてから廃別荘へ行くことにした。岡野と金田は既に生ビールを中ジョッキで一杯ずつ飲んでいる。辺りがすっ

かり暗くなったところで、橋爪に道案内をさせて山奥にある心霊スポットへ向かった。

そこは深い峡谷に架けられた橋で、自殺の名所なのだという。橋の袂で車から降りると、霧が立ち込めていた。岸井さんと岡野が持参した懐中電灯を点け、橋を渡って対岸まで進む。途中、谷底のほうへ何度も明かりを向けてみたが、夜陰と霧のせいで何も見えなかった。何事も起こらないまま、車の近くまで引き返してきたとき、

「おおい！」

金田が皆を呼んだ。行ってみると、橋の袂に小さな祠がある。何を祀ったものかは分からないが、黒い櫛が一本置いてあった。プラスチック製で使い捨ての安っぽい品物だ。

「何で櫛なんか置いてあるんだろ？」

「供え物、かな？」

岸井さんと金田が首を傾げていると、橋爪が櫛を手に取った。そして、

「髪が乱れちゃったなあ」

と、自らの髪を梳（と）かし始めたのである。

「馬鹿、こんな所にある物で……。呪われたらどうするんだよ！」

岸井さんは呆れ返ったが、橋爪は溜め息を吐いてから笑って櫛を祠へ戻した。平素の彼からは考えられない不敵な行動である。とはいえ、何も変わったことは起こらず、一行は

件の廃別荘へ向かうことになった。

いよいよ夜霧の向こうに白い壁の廃別荘が見えてくる。

車から降りて明かりを向けてみた。外から見た感じでは、さほど傷んでいないようだ。

「何だ、もっとひでえ所かと思ってたぜ。これなら楽勝じゃんか！　何処が危険なんだよ！」

岸井さんが笑うと、岡野と金田も笑い出した。

「五万貰ったらさ、お前にも一万ずつ分けてやるからな！」

岸井さんは橋爪に車のキーを手渡した。

「じゃあな。明日は迎え、頼んだぞ」

「うん。気を付けて」

別荘の周りには丸太の杭と有刺鉄線の柵が張られていたが、前の侵入者の仕業か、有刺鉄線が押し下げられた箇所があった。そこを跨（また）いで岸井さん、岡野、金田は敷地へ侵入した。建物のドアは閉まっていたが、鍵は壊されたのか、掛かっていなかったという。

金田は懐中電灯を持参しなかったものの、代わりにランタンを持ってきていた。別荘は二階建てで一階にリビングとキッチン、バストイレがあり、二階には寝室が三部屋あった。電気は点かないので、金田のランタンが頼りになる。

外から車が走り去る音が聞こえてきた。橋爪が引き揚げていったのである。

三人はまず室内を探検した。キッチンの奥に勝手口があって、ドアに斧が刃を下に向けて立て掛けてあり、それが不気味に思えたが、あとは特に恐怖を抱かせるものはなかった。

金田がリビングの机の上にランタンを置く。机の周りに四脚のソファーが置かれていた。少し埃を被っているが、さほど汚れていない。三人は軽く埃を払うとソファーにふんぞり返って座り、来る途中で大量に買い込んできた缶ビールを飲み始めた。

ソファーの一脚には誰も座っていない。

二本目の缶ビールを開けて談笑していたときのことである。不意に誰も座っていなかったソファーが、音を立てて下がり始めた。一メートルほど机から遠ざかって止まる。

「おい、誰か蹴ったか?」

岸井さんはすぐに訊ねたが、岡野と金田は真顔で首を横に振った。三人が顔を見合わせていると、キッチンのほうから物音が響いてきた。

カタ、カタ、カタ……。カタ、カタ、カタ……。

キン! キン! キン! キン! キン! キン!

気になった三人は音がするほうへ行き、懐中電灯の光を向けた。

キッチンに人気はなかった。にも拘わらず、包丁が空中に浮かんで流し台の縁を叩いている。

キン！　キン！　キン！　キン！　キン！　キン！

勝手口に立て掛けられた斧の柄も盛んに揺れ動いて、カタ、カタ……と音を立てていた。

「うわ……やべえよ、これは……」

岡野が声を潜めて言う。その声が震えていた。

「に、逃げようぜ」

金田の声も震えている。

「ご、ご、五万円は……」

どうするんだ、と岸井さんは言いかけたが、彼自身も震え上がっていた。

「ここにいたら、殺されるぞ」

岡野がそう言い終えるのと同時に、足音を立てないようにして歩き出した。金田がすぐ後に続く。こうなると岸井さんも一人で残る訳にはいかず、静かに退却を始めた。

玄関のドアを開けると、いつしか濃くなっていた霧が、室内に流れ込んできた。屋外に出た途端、三人は一斉に走り出した。岸井さんは足が遅い金田をすぐに追い抜いた。このとき先頭に立った岡野は、杭の上に手を掛けて有刺鉄線を軽々と飛び越えた。岸井さんも同じことをやろうとしたが、着地に失敗して転倒し、身体の右半分を地面に強く打ち付けた。それでも夢中で立ち上がり、坂道を駆け上がると、前にいた岡野が振り返って叫んだ。

「金田が来ないぞ！」

二人が引き返すと、金田が有刺鉄線に引っ掛かって激しく呻いていた。

「大丈夫かっ⁉」

二人で何とか助け出したが、金田の顔や胸、腕からは血が迸っていて、特に顔面の傷が酷かった。彼は座ると五段腹になるほど太っているので柵を飛び越えることができず、一旦止まって有刺鉄線を跨ごうとしたときに転んだのである。

「誰かにいきなりケツを押されたんだ……。本当だよ……」

金田がそう言うので、岸井さんは辺りの闇に明かりを向けてみたが、誰もいない。再び震え上がる思いをした。もはや五万円の賞金は断念するしかなかった。おまけに、この辺りは山奥で、助けを求めようにも近くに民家はなく、当時はまだ携帯電話も普及していなかったので、何キロも歩いて町へ戻る以外に手段はない。

真っ暗な山道を暫く歩いていると、車が通り掛かった。岸井さんと岡野は必死に手を振って呼び止めた。車は白の、所謂シャコタンである。運転していたのは、髪を金色に染めて〈特攻服〉を着た暴走族の若い女だったが、懸命に事情を説明したところ、

「いやあ、人間で良かった。あんな所に血だらけで立ってるから、あたしゃてっきり幽霊

かと思ったよ」

女は笑いながら、岸井さんの車があるホテルまで送ってくれた。

だが、車の鍵は橋爪が持ち帰っており、宿泊所の場所も聞いていない。金田は傷の手当ても受けられずにぐったりしている。どうしたものか、ホテルの駐車場で相談していると、うるさかったのか、料理長が出てきた。そして血達磨になった金田の顔を見て驚き、心配して車で救急病院まで連れていってくれた。岸井さんと岡野も料理長の好意により、ホテルの空室に無料で泊まらせてもらえることになった。真夜中、金田は顔面三箇所を縫い、顔中絆創膏（ばんそうこう）だらけのミイラ男のような姿になって、タクシーで一人ホテルへ戻ってきた。

朝が来ると、三人は橋爪から車の鍵を受け取って地元の都市へ帰ってくることができたが、それだけでは済まなかったという。

数日後に岸井さんは左手の親指を骨折した。バイクに乗って信号待ちをしていたときに後方から来たトレーラーに軽く追突され、転倒したのである。

金田は傷が癒えてから外出したところ、足元に大きな丸い影が近付いてくることに気付いた。同時に足を払われ、歩道で派手に転倒して左腕を骨折している。丸い影はすぐに消えてしまった。

無事に済んだのは、岡野だけであった。

九月下旬になると橋爪もアルバイトを終えて地元の都市へ帰ってきた。そして十月、寒い夜のことである。岸井さんが自宅にいると、午後九時頃に橋爪から電話があった。

「暇だから家においでよ」

というので歩いて出掛けると、彼の家には先に岡野と金田も来ていた。しかし、誘ってきた橋爪がやけに大人しくて、せっかく集まったのになかなか話が盛り上がらない。

「一杯貰うぞ」

橋爪の部屋にはいつ来ても量が減らないヘネシーXOが置いてあった。岸井さんはそれをグラスに注いでちびちびと飲み始めた。少し気分が陽気になったので、皆に話し掛けたが、三人ともテレビを見ながら生返事を繰り返すばかりで一向に話が弾まない。午後十一時を過ぎて、岸井さんが帰ろうかと思い始めた頃、橋爪が口火を切った。

「ねえ、カフェバーに行こうよ。ビリヤードがやりたくなった」

「今からかよ？」

岸井さんは気が進まなかったが、橋爪は「行こうよ」と言い張る。岡野と金田も戸惑っていたけれども、結局車で十分ほどの場所にあるカフェバーへ行くことになった。寒かったので全員が岡野の車に同乗しようとしたが、橋爪は溜め息を吐いてから拒否した。

「僕はバイクで行くよ」

彼のバイクはアクセルを少し捻っただけで激しく加速するので、初心者が乗るのは難しい。格好の良さに惹かれて買ったものの乗りこなせる代物ではなく、普段は全く乗っていなかった。橋爪一人がそのバイクで、他の三人は岡野の車に乗って出発したが、到着したカフェバーは満席で入れなかった。もう夜中だし解散しよう、という話になったとき、

「別のカフェバーに行こう。なあ、行こうよ」

橋爪が駄々を捏ね始めた。元来彼は強引な男ではないので、岸井さんは不審に思った。

（こいつ、何だか夏から急に人が変わったような……）

仕方なく同行することになり、バイクの後ろに車が続く格好で道路を走ってゆくと、交差点で赤信号に捕まった。一旦停車したが、信号が青になった途端、橋爪が乗ったバイクは暴れ馬のように飛び出していった。岡野が車をゆっくりと発進させる。

その直後、前方からけたたましいブレーキ音が聞こえ、凄まじい衝撃音が続いた。

二車線の道路の真ん中に大きな黒いゴミ袋のようなものが転がっている。岡野はハンドル捌きでそれを避けた。前方には散乱したガラスの破片が白く光って小川のように続いており、その先に横転したバイクが見えた。

「事故ったか！」

岡野が車を路肩に停めた。三人とも車から降りる。俊足の岡野が真っ先に飛び出し、黒いゴミ袋のようなものへと駆け寄っていったが、すぐに叫んだ。

「違う！　橋爪じゃない！」

見知らぬ中年の男性が、目を閉じて頭から大量の血を流しながら倒れていたのである。岸井さんと金田はバイクのほうへ走った。だが、バイクの近くにも橋爪の姿はない。前方に目をやると、二十メートルも先の歩道に人影が横たわっている。

そちらへ駆け寄ろうとしたとき、唐突に何かが二人の前を横切った。

それは鳥らしき黒い影だった。いきなり視界の隅から現れ、高さ一メートルほどの低空を飛んでいったのだ。

その体長は一メートル近くもあり、広げた両翼は二メートルを超えて見えた。巨大な鷲のようである。思わず立ち止まって目で追ったが、すぐに消えてしまったという。

岸井さんは金田と顔を見合わせた。金田も同じものを見ていたのだ。しかし、今はとにかく橋爪のことが心配である。二人は再び駆け出して、仰向けに倒れている橋爪に近付いた。背骨が折れているのか、彼の胴体は〈くの字形〉に曲がってしまっていた。

「大丈夫だ！　大した怪我じゃない。救急車がすぐに来るから！」

岸井さんは懸命に呼び掛けた。助からないことは薄々分かっていたが、少しでも励まし

たかった。ヘルメットを外してやると、橋爪はどんよりした目でこちらを見上げながら、

「……でっかい鳥が、いたんだよ。真っ黒な……。避けたら、人がいた……。あんな鳥、初めて、見た……」

それが最期の言葉となった。

やがて橋爪は目を開けたまま鼾を掻き始め、救急車で病院へ運ばれる途中、死亡が確認された。彼が撥ねた男性は大量の酒を飲んで泥酔し、夢見心地で車道の真ん中を歩いていたらしい。同じく救急車で病院へ運ばれたが、助からなかった。


岸井さんは、橋爪の死と廃別荘での一件は関係ないものと考えている。何故なら、橋爪は廃別荘には一歩も足を踏み入れなかったし、あの夜の怪異も目撃していないからだ。

となると、祠に置かれていた櫛で髪を梳かしたことが原因としか思えない。

橋爪の通夜は自宅で行われ、岸井さんをはじめとする地元の青年十名が参列した。通夜が終わると、憔悴し切った橋爪の母親から「あの子の部屋でゆっくりしていって」と勧められた。二階にある六畳間で、振る舞われたビールや日本酒、ハイボールなどを飲んでいると、母親が鮨や天婦羅、刺身などを次々に運んでくる。酒に酔った青年の中には、

「橋爪って、女々しいところがあったじゃんか」

「そうそう。見栄っ張りだったしな。乗れもしねえのにあんなバイクを買いやがるから、こんなことに……」

悪気はなかったのだろうが、橋爪の欠点を指摘し始めた者達がいた。

すると、急に窓際のカーテンが膨らんできた。厚手のカーテンが高く捲れ上がる。

「風が出てきやがった。早く窓を閉めろよ！」

青年の一人が、窓際にいた金田に向かって言った。

「さっきから閉まってるよ！　お前らが悪口を言うから、あいつが怒ってるんだよっ！」

金田が声を荒らげて言い返す。

その直後にカーテンが動かなくなった。誰もが黙り込んでしまう。

遅くなったのでお開きにすることになった。

翌日は雨が降っていた。出棺は土砂降りの雨の中で行われた。

それから暫くは何事もなかったのだが、橋爪の四十九日が近付いたある夜のこと。

自室で眠っていた岸井さんは、夜明け前にふと目を覚ました。何故か消してあったはずの電灯が点いており、いきなり襖が開けられた。そして……。

廊下から橋爪の顔が覗いている――。

　驚いて跳ね起きると、橋爪が部屋に入ってきた。大きな溜め息を吐いてから、ベッドの前に座り込む。やたらと溜め息を吐くのが生前の彼の癖であった。岸井さんは幾ら幼馴染みといっても、不意打ちを食らったので狼狽したという。

「お前……」

　何と声を掛けたら良いのか分からず、

「何死んでんだよ！　ダセえな！」

　咄嗟に悪態を吐いてしまう。橋爪は冷笑を浮かべてこちらを見ているだけだったが、

「何言ってんだよう」

「こっちの世界もいいぞう」

「お前も来いよう」

　そんな彼の声が岸井さんの脳裏に直接飛び込んできた。

　しかも、いつしか彼の後ろには別の人影が立っていた。頭が大きく割れた血まみれの男が、目を剥いた凄まじい形相を浮かべている。よく見ると、橋爪はその男に襟首を掴まれていた。まるで無理矢理ここに連れてこられたかのように――。

「冗談じゃねえ。行かねえよっ！」

　岸井さんが夢中で怒鳴ると、橋爪と男の姿は消え失せた。

それから、その二人が岸井さんの前に姿を現すことは二度となかった。

ただし、同じ夜に岡野や金田の前にも出現していた。岡野の話によれば、血まみれの男は橋爪が起こした事故の被害者で「酒臭かった」とのことである。いずれも強く断ると姿を消したが、金田の家にはテーブルの上に黄色のバイク用グローブ一対が残されていた。

橋爪の形見だ。グローブには血の染みがべったりと付着している。

翌日、金田が家を訪ねてきて、岸井さんもそのグローブを見せられた。金田によれば、形見分けで貰った覚えはないという。

「馬鹿、そんな物、持ってくんなよ！」

二人は外へ出ると、近くの商店の前にあったゴミ箱にグローブを捨てた。


その後、橋爪を目撃した者はいないらしい。らしい、というのはそれぞれが所帯を持って別の町へ引っ越してゆき、疎遠になってしまったからである。

当時は恐怖と悲しみしか感じなかったものだが、現在五十代になった岸井さんは、

(昔の仲間を集めて橋爪の墓参りに行きたい。そして久々に皆で酒を飲みたいものだな)

と、懐かしく思うことがあるそうだ。

小振りの盃

関東と東北の境に近い、村とも呼べないような山間の集落で小日向さんは生まれ育った。

大学進学を機に上京しそのまま就職、結婚。

今現在は旦那さんと小さな娘さんとの三人で慎ましく暮らしている。

実家は十数年前に父親、母親と立て続けに亡くされたこともあり、現在は既に手放されているとのこと。

もう長い間、郷里とは疎遠な状態が続いている。

手つかずの自然と田畑の目立つ長閑(のどか)なあの風景を不意に懐かしく思うこともあったが、もう細部は殆ど薄ぼんやり不鮮明となりつつある。

ただ、そんな朧げな記憶の中でただ一つだけ、妙にはっきりと思い起こせる、とりとめのない出来事があった。


小日向さんが小学校の三年生の、山から吹き降りてくるきんと冷えた風が庭先のヒメリンゴの実を揺すり始めた頃のこと。

小日向さんは長い長い学校の帰り道の途中、いつも通り抜ける小さな神社の中で小さな盃を拾った。

いや正確には、社殿の張り出した高床の先にポツンと一つこの盃が置いてあったところを、つい持ち帰ってしまったと言うべきか。

置いてあった盃にはなみなみと透明の液体が注がれてあった。

顔を近付ければつんと鼻を突く青臭い匂いがしたというから、水ではなくそれはやはり酒の類であったのだろう。

――綺麗だなぁ。

一目見て小日向さんはその青みを帯びた白磁の盃に魅せられた。

今にして思い返せばそれが神様に供されたものであるということは明白であった。だが当時十歳を超えたばかりの小日向さんには、それがどういう意味を持つものなのかはっきりとは理解ができていなかった。

仮に社務所などがその神社内に存在していたのならば、或いはそんな真似などしなかったのかもしれない。だが結局のところ小日向さんは白磁の盃を手に取ると、中身の液体をその辺に捨てやり、そのまま胸に抱えるようにして自宅へと持ち帰ってしまっていた。

それを両親に見せるということには何やらぼんやりと気が引けるものがあり、その晩はひっそりと自室に籠もり、ひんやりと冷たい盃を何度も何度も撫でまわし続けた。

明くる朝。

小日向さんが目を覚ますと、その白磁の盃が何処にも見当たらなくなっていた。

昨晩、布団の中で確か二十分近く弄び続けそれから枕元に置いたはず。しかし布団の周りどころか部屋の何処を探してみても見つからない。

父か母に見つかり取り上げられてしまったのかとも思い、朝食の席に着きトーストを囓るふりをしてびくびくしていたが二人とも何も言ってはこない。父の様子も母の様子も普段通り、別段変わったところはなかった。

どうやら両親が取っていった訳ではなさそうだ。となれば一体盃は何処に消えてしまったのだろう？

そうこうしている内に登校の時刻となり、結局盃の行方は不明のままに小日向さんは家を出た。

——ほんとにどこにいっちゃったんだろうなぁ。

学校に向かいながらもずっと盃のことを考え続けている内、昨日の下校時同様、神社の中を通り抜けようと社殿の前に差し掛かった。

その社殿の昨日ちょうどあの盃が置かれていた床先に、またしても白磁の盃が置いてあることに小日向さんは気が付いた。

昨日、小日向さんが持ち帰った盃とそっくり同じもののようである。

——何枚も同じ盃があるのかな？　……それより、こういうのって一体誰が何のためにここに置いているんだろう？

このときになってこの場に盃が置かれていることには、何か大切な意味があるのではないかという考えに小日向さんは至った。

そしてそれと同時に自分が盃を持ち出したことへの罪悪感、加えてそんな自身のしでかしてしまった愚かな行為を強く責められているかのような、そんな心地の悪い気分に苛まれた。

小日向さんは逃げるように駆け出し神社を飛び出した。——そして以後はその神社の中に足を踏み入れることに抵抗を感じるようになり、今現在に至るまでただの一度も立ち入ってはいない。

今思い返せば、この件を境に小日向さんの郷里での暮らしは落ち着かないものに変わったような気がするという。

とはいっても何かしらの大きな災いが身に降りかかったという訳ではなく、それはただただ集落を囲う幾重にも連なって立ちはだかる山々にじっと見咎められているような、そんな曖昧な感覚に囚われていたというだけの話である。

　このような状況が七、八年続いた末、進学を機に上京することが決まったときは、それは解放感に満ち溢れたものであったという。

　恐らくは、未だこの幼い時分の憂鬱な記憶を引きずっているがために、ここまで郷里との距離が開いてしまったのかもしれない——と、こう小日向さんは自身を鑑みる。

　そして——。

　それはごく直近のとある午後。

　小日向さんが夕食の準備をしていると、昼寝をしていたはずの娘さんがスカートの裾をくいっくいっと引っ張ってくる。

「環希、もうおめめ覚めちゃった？　お腹空いちゃったの？」

　そんなことを口にしながら娘さんのほうを見下ろすと、もう一方の手に白磁の盃が握られていた。

　一瞬、醤油受けの小皿かと思ったが、そのようなデザインの食器は家には置いてはいない。もちろんそのような盃も。

　小日向さんは若干動揺しながらも、笑顔を保ちつつ娘さんに訊ねる。

「環希。その小さなお皿どうしたの？」

母の言葉に娘さんは盃を持った手をぐいっと差し出しながら、「これタマキのお布団の中に入ってた。お昼寝してたらおしりにコツンってなったの」こんなことを言う。

娘さんの手から盃を受け取りじっと見やる。

何分古い記憶である。それがかつて小日向さんが持ち帰った盃であるとは限らない。

が、小日向さんは何故かそれが件の盃であることに間違いはないと確信していた。

別段、証拠や理由があった訳ではない。ただただ本能的にそう悟ったのだという。

そして同時に小日向さんの心は決まっていた。

――もう逃げてばかりいられないな。

この年の瀬、小日向さんは家族とともに実に二十五年振りの帰郷をする予定であるという。

白磁の盃と、謝罪の意を込めた奢った酒を手にして。

カップ酒

おやっさんは昔、三年ほどほぼホームレスだったことがある。

腕は確かな職人だったが、無類の酒好きのせいで仕事が長続きしない。食うにも困るような日々の中、それでも道端や自販機の周辺に落ちている小銭を拾ってはカップ酒を買って飲んでいた。

その日はさっぱり小銭が集まらなかった。自販機の下を覗き込んでも、返却口に指を突っ込んでも影も形も見当たらない。

仕方なく諦めて、今夜のねぐらを求め無人の神社の境内に入った。

「今日はここで寝させてください」

小銭を拾えなかったので賽銭（さいせん）は上げられなかったが、そう手を合わせて拝殿の軒下へ入る。ふと目を転じた縁の下、床下網の破れ目のところにカップ酒が一つ置いてあった。

——お供えか？　拝殿の中ではなくこんな場所に？

普段なら神様にちょいと手を合わせてからありがたく戴くのだが、妙な勘が働くというのか、これは飲んではいけない気がする。だから手を伸ばすことはしなかった。

だが、目の前にあれば気になる。気になってしまえば眠れる訳もない。
溜め息を吐いて神社を出た。近くの公園に足を向ける。
邪魔にならなそうな場所を探す。隅のほうにベンチを見つけて近寄った。
ドキンッ——と大きく鼓動が跳ねた。
ベンチのど真ん中に、カップ酒があった。
薄気味悪さに背筋が冷たくなる。急かされるように公園を後にした。
人通りの多いほうへ向かって歩き出す。駅にでも行こう。寝る場所くらいあるはず。
駅前広場を横切りながら、何とはなしに視線を投げた先。
噴水の縁にポツンと置かれた、カップ酒。
慌ててその場を離れ、街中を闇雲に歩いた。
怖かった。ただ、怖かった。
ふらふらとあてもなく彷徨(さまよ)い、いい加減歩き疲れてしゃがみ込む。
目線を落として気付いた、己のすぐ脇に置かれている——カップ酒。
「もう酒は飲みません！」
無意識にそう叫んでいた。

以来、一滴も飲んでいない。
何の皮肉か、おかげで職にも恵まれた。
元々腕は良かったから、酒さえ飲まなければ仕事はあるのだ。
「あれがいいもんだった気がしねぇのよ」
そう言って、おやっさんはぶるりと身震いする。
だから俺ぁ、今でも酒が怖い――と。

酒護霊

森本さんは下戸である。

仕事上の付き合いで飲む機会もあるが、ビールをコップに一杯程度で泥酔してしまう。

「大体の人は分かってくれてますんで、問題ないって言ったら問題ないんですがね……」


十一年前の春、出張で某県を訪れていた。

一週間ほどホテルに泊まり、取引先である企業数社との打ち合わせが続いた。

「日曜日に前乗りして、月曜からその打ち合わせがスタートするはずだったんです」

ホテルに到着し、食事を終えた森本さんは、翌日に必要な書類を纏めていた。

大体の準備を終え、取引先への移動交通手段を調べ上げる。

「ＪＲの○○線と歩きで行けるな」

その瞬間、猛烈に飲みたいという感情が湧き上がった。

下戸である彼が一度も味わったことのない感覚。

衝動を抑え切れないまま、備え付けの冷蔵庫からビールを取り出した。

（美味い!!）
次の缶ビールもすぐに飲み干し、他のお酒にも手を伸ばす。
気が付くと冷蔵庫は空になり、自動販売機で追加のビールを購入していた。
（大丈夫なのか、俺？　まあ、アポは十時半からだしな）
散々飲み散らかし、気分良く床に着いた。

翌朝、酷い頭痛で目が覚めた。
（ヤバい！）
本当なら、既に電車に乗っているはずの時間である。
慌てて取引先に連絡を取り、遅れる旨を話した。
（こんな二日酔い状態でプレゼンができるのか？）
そう考えた瞬間から、どんどんと頭は冴えていく。
むかむかしていた吐き気も簡単に収まってしまった。
森本さんはすぐさま仕事道具を抱え、タクシーに飛び乗った。
「結局、お酒を美味いと感じたのは、あれ一回のみですねぇ」

本来、森本さんが乗るはずだった便は大事故を起こしていた。

乗車していたら、無事では済まない可能性があった。

「あの後、そういう力を持った人、数人に同じことを言われましてね」

彼の守護霊は亡くなったお爺さんだという。

相当な酒飲みで、誰一人、酔っている姿を見たことがなかったそうだ。

どぶろく　その1

郷原春喜（ごうはらはるき）さんは現在二十九歳になった。

爽やかで好感度の高い男性である。


彼が小学二年生のお正月だった。

父母に連れられ、新年の挨拶のため父方の祖父母宅を訪ねた。

お年玉を貰い、親戚達と遊び、大変楽しい年の初めとなったことは言うまでもない。ただ、それとは別に印象的だったことがあった。

それは〈どぶろく〉のことだ。

実は、どぶろくという言葉はそのとき覚えた。それほど印象的な出来事だったのだ。

正月も三日目、彼は祖父に連れられある家を訪れた。

そこは祖父の友人だという人の住んでいる所だ。

友人は上品な紳士風の人物で、子供心にも格好良いと感じていたことを覚えている。

何度か連れていかれたことがあったから、彼の祖父は一番可愛がっていた孫を友人に見せたかったのだろう。

家は二階建てのモダンなもので、庭は洋風であった。周りは濃い茶色のタイルが貼られた高い壁で囲われており、更に洒落た雰囲気を持っている。

簡単に言えば、豪邸風、か。

中へ通され、暖かなリビングでお菓子を貰って食べた。

祖父とその友人は何事か話をしている。

どれくらい経ったときか、祖父達が立ち上がった。そして庭のほうへ促された。

隅にプレハブ物置があった。が、これまで全く意識していなかったものだった。

入り口扉には何個も錠前的な鍵が付けられており、変だなと思った。

中へ入ると、五、六個の薄黄色いプラスチック製の樽が置かれている。

どれも三歳児程度なら入れそうな大きさで、それぞれ蓋がしてあった。

何か子供の鼻にはあまりありがたくない匂いがしていた。

祖父の友人はそこで自家醸造の酒を造っている、そんなことを耳にしたように思う。

今回は結構上手くできたぞ、そう祖父の友人は笑っていた。

彼は自家製醸造の酒をどぶろくとは呼んでいなかった。

ごぜんさま、と言うのだ。

祖父はそのたびに「どぶろくやろが」と苦笑いを浮かべていた。

〈どぶろくって何？〉そう、祖父に説明を求めた。

答えは「自分とこで造った酒」。さっき彼らが話していた内容そのものだ。ははあ、それがどぶろくというのか。覚えておこう――と、何となく自分で決めた。

しかし、どぶろくをごぜんさまと呼ぶのは何故か。何か言っていたような気もするけれ
ど、難し過ぎて、そちらは覚え切れなかった。


その〈ごぜんさま〉の入った容器から何かを取り出して、祖父らは何やらごちゃごちゃ
始めた。きっと試飲だったに違いない。

手持ち無沙汰になり、ぼんやり近くの樽を開けてみた。

白く濁った水の中に、こけしのようなものが浮き沈みしている。

こけしと言っても似ているのは形と大きさで、色や顔が塗られている訳ではない。ただ、
こけし型をした木製の何か、だった。

白い水の中へ沈み姿を消したかと思えば、すぐに浮いてくる。

液体を吸っているせいか表面が黒く濡れ、ぬらぬら光っていた。

酒を造るための道具なのだろうか？　幼心に興味が湧いた。

ねぇ、これは何？　そう祖父達に聞いた。

彼らは笑って答える。

〈それはお酒だから、飲んだらいかんのや〉

いや、そうじゃない、この浮いているものがと指差しても首を捻られて終わった。

どうもこけしは目に入っていないようだった。

埃とか入るといかんと、すぐに蓋は閉じられた。

やはり彼らの目には浮き沈みする物体は映っていないようだった。


翌年から、その祖父の友人宅へは行かなった。何となく気になって訊ねたのだが、祖父は悲しそうな顔をして〈アイツは死んだから、もういけんが〉とだけ答えた。

何かの折、祖父の友人宅を通ったが、家屋どころか壁すら一切なくなり、綺麗な更地になっていた。元々家があったことすら想像できないほどだった。

小学四年のお正月のことだった。

どぶろく　その2

大学卒業後、郷原君が潜り込んだ会社は、日本国内を度々出張するような職種だった。

三月初旬のことだ。

郷原さんは後輩のミスをリカバーするため、青森へ出掛けた。仕事先は周囲に交通機関がなく、車でなければ辿り着けない場所にあったため、レンタカーを借りた。

何とか案件をクリアし、宿泊先を目指す。既に深夜を回った時刻だった。

山道はまだ雪が残っている、木々の深い場所だった。

細心の注意を持ってハンドルを握っていたが、横から突然何かが飛び出してくる。

避けられず、何かを跳ねた……かのように感じた。急ブレーキを踏む。

暗い道、ヘッドライトに一瞬照らされたのは鹿に見えた。

フロントガラスの向こうを凝視したが、何も立ち上がる気配がない。

運転席の窓を開け、様子を窺(うかが)った。エンジンや山の音以外何もない。

鹿のような生き物を跳ねたのなら、きっとフロント周りへダメージがあるはずだ。

だから外へ降りた。しかし、何の傷もなかった。

そればかりか何もいなかったし、変わった物も何もなかった、と思った。

ただ、不意に甘い匂いがした。強いて言うなら林檎ジュースの香りだ。

この辺りで作っている工場でもあるのか。いや、時間が時間だから漂うはずもない。

では林檎畑でもあるのだろうか。果実の芳香は想像より強い。

ただし、それは収穫期だ。今はそんな時期ではない。

鼻に集中する内、林檎の香りは綺麗さっぱり消えてしまった。

念のため周りを見回すと、何かが木々の間で動くのが目に入る。

幽かに確かめられたのは人のシルエットだった。

ギョッとしてしまう。こんな山深い場所。深い時間に一体何者だ。

目を凝らすが、暗さと木のせいではっきりとは分からない。

何かを手に持ち、こちらに向けて振っているのだけが認識できたが、ただそれだけだ。

困っているのか。大声で呼び掛けるが、答えはない。それどころか奥のほうへ姿を消した。

疑問だけが膨らんだが、どうしようもない。

何かあっても困る。さっさとここを出ようと車に戻って運転席へ回れば、ぷんと甘い匂いがした。さっきの林檎の香りだろうか。いや、林檎のようで、林檎ではない。何か独特なものがある。その後、急に強いアルコール臭へ変化した。

以前間違えて食べた、ウイスキーボンボンやチョコレートの中身で嗅いだような。洋酒、ブランデーというのか、それに類する独特のものだ。

やはり林檎の加工場か醸造場があるのか。

こんなことをしていても仕方がないので、ドアに手を掛けた。

背後に何かの気配を感じる。

咄嗟に振り返れば、そこに人が立っていた。

驚き、声も出ない。ヘッドライトで間接的に照らされた相手は、どうも浮浪者のようだ。ニット帽と分厚いジャンパー、作業ズボン、長靴。全てが汚い。ボロボロだ。

顔も長い髪と髭、汚れではっきりしない。よくぞここまで、の感がある。

自分より背が高いせいで、どことなく圧迫感があった。

浮浪者が山小屋や廃墟に潜むことがあると耳にしたことはあったが、流石に喫驚（びっくり）する。

何か用事があるのか。刺激をして良いのか。有耶無耶（うやむや）にして逃げるべきか。

逡巡する内、相手が口を開いた。

「さけをかってくれ」

しゃがれた、男の声だった。

さけ、のイントネーションがおかしく、魚の鮭なのか、酒なのか悩む。

かってくれ、は買ってくれだろうか。

浮浪者が片手を突き出した。

レジ袋にペットボトルが入っているようだ。それも1・5リットルの大きさだった。

まさかさっき木の陰にいた奴か。

「要らない、買わない」と突っぱねて、車に乗り込んだ。

そこへ何かが投げ込まれた。助手席側の足元に飛んだそれは、あのレジ袋だった。

しまったと後悔する。車を降りる前、運転席の窓を開け放しにしていてそのままだったのだ。

視線を外へ向けたが、もう浮浪者は何処にもいなくなっていた。

再び外へ出た。探してもやはり誰の姿もない。

よほど身のこなしが速いのか、それとも何処かへ身を隠しているのか。どちらにせよ、関わり合いになりたくない。

投げ込まれた袋を嫌々拾い上げたが、袋が破けてしまう。

ペットボトルはコーラのものだった。中身は半分ほど入っている。

しかし、固形物が混じっているようだった。

浮浪者が持ってきたものだから、捨て去ってしまえばいい。ポケットティッシュを重ねて掴み上げ、何とはなしにライトで透かし見た。

コーラのラベルにまちまちな大きさの文字がある。汚い片仮名だ。

〈ゴ　ゼ　ンサ　マ〉

ゴゼンサマ。ごぜんさま。

あの幼少のときのことを一気に思い出した。一体何だこれは。

ギョッとしたまま中身を確認した。

濁った半透明の液体。漂う何か。それはかりんとうのようなものが数個だ。

じっと凝視しそうになった。が、何故か目が拒否する。

ボトルは側溝へ転がし、破れた袋とティッシュは投げ棄て、逃げた。


ビジネスホテルの駐車場へ入ったとき、身体から異臭が放たれていることに気が付いた。

近いのは、盛り場にある吐瀉（としゃ）物の悪臭だった。

ホテルではフロントの男性が顔を顰めていたから、きっと酷いものだったのだろう。

シャワーを数度浴びて、やっと消えてくれた。

翌日、レンタカーの中が臭わなかったのが不思議だった。

ふと助手席側の足元に白いものが落ちているのに気が付く。

レシートだった。

やけに真っ白だ。拾い上げて確認すると、印字が薄れている。

辛うじて読み取れたのはスーパーのものであることと、買い物内容、日付だった。

三カ月前のもので、林檎ジュースと1・5リットルのコーラ、砂糖である。

もちろん自分が買った物ではない。

何か持っているのが厭で、すぐに処分した。

どぶろく　その3

五反田さんは困っていた。

部署の飲み会である。

酒の強要はなかったにせよ、パワハラやセクハラめいたことが蔓延していた。

上司を始めとして、男性社員は常に横暴であったと思う。

特に、部長と東課長、五年先輩の岩切は最悪のセクハラをする連中であった。

この三人にあわや……という危ないところまで追い込まれた女子社員は数名いる。

会社へ訴えてもなあなあで済まされてしまうから打つ手はなかった。いや、本当は何か手段があったはずだが、女子社員は全員我慢しなくてはならない風潮があったことが良くなかったのかもしれない。

男尊女卑を地で行く職場であった。

そんな会社であったが、何処か験を担ぐことが多かった。

各部署ごとに神棚があり、毎日のように水と米を上げていた。

それをする役目は女子社員の持ち回りだった。

あるとき、部長が一本のガラス瓶を持ち込んだ。

どぶろくを買ってきたと自慢げだった。

神棚に上げておけと女子社員に押し付けながら身体に触る。

見れば白く濁った酒である。

神棚に酒を上げるのは新年の仕事始めのときと、年末の仕事納めのときだ。

他のときは上げることがない。そもそも、神棚は小さいので、前に上げた酒を下ろさないと置く場所がなかった。しかしそれをして良いのか、誰も分からない。

部長が半分腹を立てながら、早くどぶろくを上げろと怒鳴ってきた。

仕方なく女子社員の一人が前の酒を下ろし、どぶろくをお供えした。

――が、上げて一時間ほどした頃か。

大きな音が鳴り響いた。

甲高い、何かが割れるような音だ。隣の部署にも聞こえたらしく、こちらへ視線を向ける社員の姿もちらほらあった。

音の出所はすぐに判明した。

どぶろくの瓶だった。

口の辺りから底へ向けて一本のヒビが走っていたからだ。

もちろん中身は漏れ出し、滴っている。

部長は激怒した。どぶろくを供えた女子社員が下手を打ったのだと叱責している。

厭な雰囲気の中、誰かが口を開いた。

臭い。

生ゴミの汁とドブの臭いが合わさったような臭気が辺り一帯に漂っている。

漏れたどぶろくが床に水溜まりを作っており、そこから発されているようだった。

部長は更に腹を立てた。

傷んだ、腐ったどぶろくを買わされただの、欺（だま）されただの大騒ぎをしながら女子社員に片付けを命じる。皆で嫌々周りを拭き清めた。


翌日、部長は会社にやって来なかった。

自宅の階段から滑り落ち、頭部に大怪我を負ったのだった。

どうも酔っ払っていたようだ。

頭蓋骨骨折であったが、それを誰かが〈頭が割れた〉と表現していた。

長期入院が必要となり、会社は部長を休職扱いにする。

代わりに、東課長を部長代理として据えた。

部長代理となった東課長は、人が変わったように威張り散らすようになった。

代理とはいえ〈部長〉が肩書きに付いたことで、勘違いをしたのかもしれない。

パワハラセクハラは酷さを増す。何故か岩切も同時に増長を始める。

岩切は部長と東部長代理の腰巾着でありつつ、自分より下の者へは傲慢に振る舞う癖があったから、当然だったのかもしれない。


部長の様態が悪化する中、東部長代理が一本のブランデーを持ってきた。

高級なものらしい。

そして自ら神棚に上げた。

部長が早く良くなるようにいい酒を供えたと言うが、本当かどうかは分からない。

が、翌日の朝、ブランデーがなくなっていた。

もちろん東部長代理は犯人捜しをしたが、見つかることはなかった。

姿を消したブランデーを誰がどうしたのか、謎のままになってしまった。

なぜなら翌日、東部長代理は会社に来なかったからだ。それも長期離脱との話だった。

社内は混乱し、ブランデー一本ごときに拘っている暇がなくなったからに過ぎない。

後に東部長代理の離脱の原因を知った。

彼は自宅で足を滑らせて、柱に頭を打ち付け気絶。そのまま倒れた先にあった何かに顔面を強く打ち付けた。片方の眼球が破裂したか何かで〈視力がなくなった〉ようだ。

仕方なく他の部署から部長の代わりが入り、業務は事なきを得た。

と同時に岩切が懲戒免職となった。どうも素行不良と何か会社でもかばえないような問題を起こしたらしい。岩切は社内から〈姿を消した〉。

大した仕事はしていなかったが、彼が隠していたミスが大量に見つかり、そのフォローで大変な目に遭ったのはまたしても女子社員だった。

ただ、部長と東課長、岩切のいなくなった会社は雰囲気が良くなった。

パワハラセクハラも減り、問題が激減したからだろう。

しかし、五反田さんは転職した。他にやりたい職が見つかったからだった。

だから、部長達がその後どうなったかは知らない。

千鳥足

倉坂君にはともや君という霊感持ちの友人がいる。

普段から薄暮の中空や影の差すキャンパス隅などを見やりながら、「ここにもか」とか「ったくこっち見てんじゃねえよ」などと別段怖がる風でなく、どちらかというと幾分うんざりとした様子で呟くような男であるという。


そんなともや君と行った、共通の趣味でもあるアニメのイベント帰りのこと。

イベントについて夜通し語り明かそうという心づもりで、二人は倉坂君のアパートへと向かっていた。

駅からほどなく歩いた住宅街の中。

駅前のスーパーで酒のツマミでも買っとくんだったなぁ——こんなことを話しながら歩く二人の前方にふらつく人影があった。

「ああ、またあの爺さんかぁ。あれ、いつも酔っ払っていて千鳥足なんだよ」

目の前およそ十四、五メートル先で街灯が照らし出すブロック塀にぐらりと寄り掛かっている人物を顎で指しながら、倉坂君はともや君に小声でささやく。

「時々意味不明の奇声を上げたりもしてさぁ、ホントはた迷惑」

歩を進め二人は相も変わらず塀に身を預け続けるその人物の脇を通り過ぎる。すれ違いざまに何事かぶつぶつと呟く声が耳に入る。それは到底意味を成しているとは思えない虫の囀（さえず）る声のようなものだった。


「さっきの爺さんだけどさぁ」

件の人物とのすれ違いからおよそ二分ばかりが経過した後、それまでずっと押し黙っていたともや君が口を開いた。

「さっきのあれ、酒に酔ってたんじゃないよ」

そんなことを言い始める。

「霊の仕業だね」

本気なのか冗談なのか……。

その無機質な声のトーンからは判断が付かず、ともや君のほうへと顔を向ける。

「すれ違う前から嫌な予感してたんだけどさぁ。ヤバいのが二体憑いてたよ。あいつら日本人と違うな」

心持ち面倒臭そうで覇気のない表情だったが、それまでの付き合いからの経験上、彼の言葉が嘘や冗談でないことをほどなく倉坂君は感じ取った。

「あの爺さん多分そう長くないと思う。奴らの両腕が肘くらいまで爺さんの頭部に突き刺さって同化しかかってたし。もう記憶の混濁とか超えて、今はしっかりと意識を保ってるのさえ難しいんじゃないかな」

脳が冒されているせいで記憶だけでなく三半規管等にも狂いが生じ、だからこそ傍目には酒に酔っているように見えているのだという。

「それって助けられないのか……？」

憐れみを感じて――というには、つい先ほどまで疎ましく思っていた相手に対して偽善過ぎるきらいもあるが、何となく話の流れ上、倉坂君はそう訊ねた。

「少なくとも俺には無理。もちろんお前にも。本物の霊媒師とかお祓いなんてもん、この世の中に殆ど存在しないし俺も知らない。だから打つ手なんてなし」

ともや君曰く、ああいうのはもう殆ど病気の予防と同じで、普段の行いや生活習慣に気を付けて、関わり合いを避けるようにするしか実際のところ手立てはないという。

罹(かか)ったらおしまい。だから予防はしっかりしとけ――。

「ほんと深夜に墓地や廃墟に肝試しに行くとか心霊スポットに近付くとかは止めとくべき。

ましてやそこであれこれ霊の関心を惹く行動を取ったり、神経を逆撫でたりする行為なんてのは愚の骨頂ってこと」

「ところでさぁ、その憑いてるのが日本人じゃないってどういうこと？」

ともや君の話が一通り済んだところで、倉坂君は一つ気になっていたことを訊ねた。

「見た感じというかなんか醸し出す雰囲気というか目付きというか。モンゴル系というか中国系……みたいな？　服装も今時のもんじゃなかったから……なんだろうな？　昔の戦争で殺（あや）めたのが憑いた、とか？」

それほど恐怖を感じていたという自覚はなかったというが、ともや君の話に耳を傾ける内、倉坂君の両腕はびっしりと粟立（あわ）っていたという。

土

以前、ひょんなことから知り合った〈人に言えない仕事をしている男〉から聞いた話だ。男の仮名はカオルとする。


カオルが小学六年生の頃、あるブームが学校で起きていた。

例えば、朝の登校。学校に着き、内履きを手に取ろうと昇降口の下駄箱を覗く。すると、そこに土が盛ってある。盛った土の大きさは様々だが、大体小さく、子供が両手で盛ったようなサイズであることが多い。

これが、ある日は誰かの机の上に盛ってあったり、廊下の隅っこに盛ってあったりする。

土を目にした子供は、良い気分じゃない。

何故なら、この土は何処かの墓場から持ってきたものだからだ。

これが当時流行っていた〈墓場の土〉という遊戯だ。

誰が土を盛ったのかは、すぐ分かる。本人が吹聴する場合もあるし、所詮子供のやることだ。様子を見ていればやりそうな同級生のアタリもすぐに付く。気の弱い子供のグループでも、その遊びはそれなりに行われていた。

たまに土を盛られたらしき者が軽い風邪で学校を休んだりすると、子供達は大いに盛り上がる。

しかし、そんなことはほぼ起こらない。

誰がやったの。タケル君でしょ。

今日、椅子の下に、土あったの。嫌だなあ。

悪戯も、子供達の繋がりの一つだ。

ただのスリルを楽しむ遊び。

その程度のものだった。

実害はなく、死者に呪われるかもしれないスリル、それだけが学校に漂っていた。

＊　＊　＊

カオルは物心が付いた頃から、両親が酒を飲む時間が嫌いだった。

父は酔うと粗暴になる、母は育児放棄をする、ということは全くないのだが、とりあえず我が子の話を真面目に聞いてくれなくなるのが嫌だった。

両親の周りでおどけても「もう寝る時間だぞ」と諌められる。実際に子供にしては遅い時間なのだが、まだ眠気を感じていないカオルは両親との交流で時間を埋めたかった。

食卓のテーブルにアルコールが置かれると、眠りに就くそのときまでカオルに寄り添うものは血を分けた家族ではなく、孤独感だけだった。

二人とも酒なんか飲まなかったらいいのにな。

もっとぼくの相手をしてくれたらいいのにな。

＊　＊　＊

カオルは、学校の近くの墓場に一人立っていた。

手には小さなビニール袋がある。

掘り返した土をビニール袋に収め、持ち帰る。

袋をぶら下げて、こっそり台所に忍びこんだ。

いい具合に飲みかけの日本酒が入った一升瓶がある。

カオルは既に開栓されていた一升瓶に土を一つまみ入れた。

缶ビールに入れたほうが早いのだが、そうはいかない。

この日本酒に両親が手を付けるのはいつのことだろうか、とカオルは考えた。

スリルを感じた。

＊　＊　＊

カオルがトイレに行くために一階に下りると、その日本酒が早速食卓に置かれていた。

それと、ガラスのコップが二つ。

二つとも透明の液体が注がれており、既に何口か飲まれているようだ。

まさか、仕込んだその日の内に、二人がその一升瓶に手を付けるとは思っていない。

突如沸き起こる罪悪感に、カオルは苛まれた。

両親の姿は、食卓になかった。

居間にいるのか、トイレか、風呂か。

家の中はシンと静まり返っていた。

テーブルの上のデジタル時計を見ると、時刻は二十二時過ぎ。

両親が戻ったら素直に悪戯したことを告白しようとカオルは思い、食卓の椅子に腰掛けた。

するとﾞ玄関先でがちゃがちゃと音が鳴り、両親が食卓に入ってきた。

どうやらカオルが寝ている間に二人は外出していたようだ。

父も母も、息子がまるでその場にいないかのように無言で食卓に着くと、晩酌を再開した。

〈ねえ〉

異常を感じたカオルは恐る恐る二人にそう呼び掛けた。

〈何か、言ってよ〉

コップを持つ父の手にたくさんの土が付いていることにカオルは気が付いた。

見ると、母の手も同じく汚れている。

コップが開くと、各々が機械的な動作で一升瓶から自分の酒を注ぎ、またそれを飲む。

会話はない。

今、自分は悪い夢の中にいるのだろうか。

両親は終始、息子に一瞥(いちべつ)を与えることもしない。

〈ねえってば〉

＊　＊　＊

「――パパとママが大変なんです。助けてください！」

カオルは隣家に助けを求めた。

隣家のおじさんが救急車を呼んだ。

救急隊員が屋内に入ると、カオルの両親は寝室のダブルベッドに並んで横になっていた。

二人とも呼吸は浅く、顔は真っ青だった。

カオルの両親は救急隊員によって担架で運ばれていった。

両親の死因が急性アルコール中毒だったことを親戚から聞いたのは、カオルがもう少し成長してからだった。


家族を失ったカオルは、親戚に面倒を見てもらいながら中学校に通い、卒業とともに家出をした。

その後、暫しのホームレス生活をしている内に新宿で知り合った〈ある男〉から〈ある仕事〉を貰い、今に至るとのことだ。

苦手なもの三つ

相模さんは小さな会社で事務をしていた。

仕事はそれほどきつくなく、暇な時間のほうが多い。彼女と部長以外の人間は外回りが多く、留守番が業務のようなものになっていた。

社則も緩い。給料は特別良くもなかったが、生活するには十分だ。

社長はやや古いタイプの人間で、お茶出しと電話の対応は女性にと決めている。

女性蔑視とまではいかないが、女はここでは出世できない。

彼女もそれを納得した上で働いている。給料さえ支払われるなら地位に興味はなかったし、仕事は楽なほうが良い。

ずっとこの状況に満足していたが、それが急に変化した。

「これはちょっと面倒なことになった」

それをはっきりと自覚したのは、部長が退職した直後からだ。

あの日、部長はいつも通りの時間に出社した。

少し顔色が悪いと思ったが、鞄を置いてすぐに煙草を吸いに行った。

これは部長の日課でいつもと変わらない。

喫煙所はトイレの脇にある。

そこには小さな丸いテーブルがあり、その上に白い灰皿が一つ置いてある。

喫煙所は社長が来た際に落とし物をする場所でもあり、相模さんはあまり近付かなかった。

立ち去った後に割りばしのような棒が一本落ちていることがよくある。それが汚い気がして拾いたくなかった。

部長が煙草を吸いに行って間もなく、奇声が聞こえた。

彼の声だ。

怒ったような表情をして部長が戻ってきた。

「どうかしましたか」

相模さんが声を掛けても無視された。

普段は温厚で優しい人だけに、心配になる。

部長はコピー機からA四用紙を一枚取り出すと、そのまま机に座りボールペンを走らせた。汚い字で退職願いを書いている。書き終わると適当な封筒にそれを突っ込み社長の机の上に置いた。

そのまま会社から出ていく。部長は本当にそのまま戻らず、辞めてしまった。

勢いだけで出ていったようにしか見えない。

「相模さんも早く辞めたほうがいいかもしれない」

部長から最後にそう言われたが、意味が理解できなかった。

その後出社した社長は、何事もなかったような顔でその辞表を受け取った。

「相模さん、暫く一人だけど、どうにかなるよね」

社長は代わりの人間をすぐに連れてくる。それまで我慢してくれと言った。

他の社員は相変わらず外に出ている。

そのため強制的に彼女が部長の分の仕事も引き継ぐことになった。


最初は戸惑うこともあったが、それもすぐに慣れた。

元々仕事量が多い訳でもなく、少し頑張ればどうにかなった。

頑張ってもこの会社では、女性は評価されない。それならとこれまでは遠慮していた。

が、部長がいなくなった今は、別人のように働くしかない。社長は想像以上に優秀だった彼女に驚いた。

それが良くなかったのかもしれない。

「次を連れてくる。すぐに連れてくる」

こう言い続けて、二カ月ほどの時が流れた。

流石に部長不在のままでは困る。

そんなことを社長に何度も訊ねた。

「新しい上司はまだですか」

社長は後任を用意する気がなかった。だからといって彼女の地位が変わる訳でもなく、

「相模さん仕事できるから、このままでいいかと思って」

給料が上がることもない。

結局部長の代わりにと、高齢の男性が一人連れてこられた。男性は鈴木といい、形だけの上司でまるで使い物にならない。

社長から信用されているようで、会社の通帳は全て彼が預かった。

歳のせいで呆けているのか、銀行に行くたびに忘れてくる。その都度、相模さんが問い合わせ、受け取りに行った。

彼も相模さんに迷惑を掛けていることは自覚しているようで、何度も頭を下げていた。

「ボクのうちはね。猫がたくさんいてね」

家の庭にやってくる野良猫がいると鈴木は餌をあげ、全て飼ってしまう。そのせいで爆発的に猫の数が増えた。

そんな他愛ない話をよく聞かされた。

悪い人ではない。それは分かっているが余裕がない。彼女の仕事は減るどころか、彼のせいで増えた。

相手のミスまでフォローしなければならない。これが思った以上にストレスになった。

食事と酒の量が増える。そのせいで体重が一気に増加した。身体が重いと気分までずっしりとしてくる。毎日微熱が続いた。

そんなとき、また社長の落とし物を見かけた。

割りばしのような木の棒。

捨てようと拾ったが、手に取ってすぐに落としてしまった。

それを手にした瞬間、何かに驚いたように手が反応した。

結局捨てるのが面倒になりそのままにしておいたが、夕方には消えていた。

流石にこれ以上この会社にいても意味がない。増えたのは酒と体重だけだ。

もう無理だと思い、辞表を出した。

社長は辞める理由を何度も訊ねてきたが、適当な答えを返した。

恐らく彼女に抜けられては困る。鈴木は使い物にならない。それは社長も分かっている。

鈴木も青い顔をしながら何度も彼女に辞めないでほしいと頼んだ。

「今、相模さんにいなくなられては困る」

酷く怯えた顔で訴えてきた。

(自分の仕事のミスをかばう人間にいなくなられては困るからでしょ。そんなの知るか)

彼女は辞表を撤回しなかった。


それから数日後に、社長は知り合いの女性を会社に連れてきた。年齢は四十代後半。一度大病を患い、仕事に復帰予定なのだという。

(この人が私の後任かな)

そんな風に感じた。

女性は何故か相模さんの身体ばかりじろじろと眺めていた。それがあまりにも不自然で印象に残っている。

社にやってきてから、一時間も経たない内に社長とまた外に出ていった。

後日、酷い話を耳にした。

「相模と辞めた部長との間に子供ができた。だから急に辞表を出したに違いない」

同じ女なら、見ただけでそれを確認できるのではないか。

こう考えた社長は、そのためだけにあの女性を連れてきたのだ。

（確かに最近急に太った。だからって何で私が部長とできてることになるの）

社長は部長が急に辞めたことが許せなかったらしく、次に辞めると言い出した彼女との関係を疑った。

部長が辞めるまで、事務所に二人きりだった。業務上、仲良くするしかない。誤解されるようなことのないように気を付けていたが、最後にこうなるとは思わなかった。

辞めた部長とは相模さんとでは、年齢がかなり離れている。恋愛対象にするには難しく思う。部長の見た目も、お世辞にも格好がいいとは言えない。

そんな相手と自分がお似合いだと思われたことに、腹が立った。

私物は全て片付けた。

忘れ物があったら捨ててくださいとだけ伝えた。

二度と会社とは、関わりたくなかった。

彼女が会社を去る数日前から二十代前半の男が二人連れて来られた。顔と体型がよく似ていたため双子かと問うと、兄弟だと教えられた。福岡から出てきたといっていたが、社長とどういう知り合いかは知らない。愛想はいいが、それだけの二人だった。

初めて都会に出てきて舞い上がっている感が抜けない。関わるのが面倒になり、引き継ぎも最低限のことしか教えなかった。

「人のこと、妊娠したとか言いやがって」

会社に対し、最後に意地の悪いことをしたかった。


勤務最後の日。

会社を出てから家とは逆方向にある飲み屋に寄った。以前飲み会で来たことがあり、干物と刺身の美味い店だ。カウンターで酒を飲む。このときは焼酎を飲んだ。

嫌なことばかり思い出して、酔えない。つまみで頼んだものを全て食べ終えたところで店を出た。

店の最寄り駅から電車に乗る。

いつもは混んでいる車内がこの日は空いていた。

たまたま選んだ車両に人は乗っていなかった。

座席に腰を下ろしたところで、大きな溜め息が出る。

「ああ、もう、むかつくな」

一人だったこともあり、やや大きな声で本音が漏れる。

「相模さん……」

そのとき、前方から声がした。

誰もいないと思っていたこともあり、かなり驚いた。

そっと顔を上げると、目の前の座席に鈴木が腰を下ろしている。

(えっ、何で)

あまりの偶然に驚いた。

鈴木は病院通いを理由に早退する日がある。その日はいつも彼女より先に社を出ていた。彼の自宅は会社から電車で一時間以上掛かる場所にある。この路線は絶対に使わないはずだ。何故、今、この場所にいるのか理由が分からない。

「いやぁ、ボク、病院に行ってその帰りに猫の餌を買ったんですよ。量がいるから結構大変で」

鈴木の膝の上に白い大きなビニール袋が置かれている。袋の中の赤いものがうっすら透けて見えた。しかも生臭い。袋の中身は生肉か魚のようだ。

猫に何を食べさせているのかまで話した覚えはなかった。

今の相模さんに精神的余裕はない。今後二度と会う予定のない人間に対して気を使うつもりもない。

彼の話に返事は返さなかった。

少しでも早く、この場から去りたい。じっと下を向き、相手を見ないようにした。

「相模さんも大変だったでしょう。本当に御迷惑をお掛けしました」

鈴木は彼女に最後の謝罪をした。そして話を続けた。

内容は家で飼っている猫のことで、特に面白い内容でもなかった。

近所からクレームが出た。猫の避妊をしろ。そのことで役所から電話がきた。

「困った。困った。困った……」

そればかり何度も繰り返した。

彼女がうんざりし始めたところで、ふと鈴木が妙なことを言った。

「ボクね。社長に二百万位取られてるから、逃げられないんですよ」

そのことを家族には内緒にしている。それがバレる前にお金を取り戻さなければ大変なことになる。それも含めての「困った」だったのかもしれない。

だが、そんな話は相模さんにはどうでもいいことだ。

ここでも相槌は打たなかった。

「じゃあ、先に行きますね」

彼が最後にそう言ったのは覚えている。

その言葉の後に小さな声で「……逃げた。ずるい」と聞こえた気がした。

(次の駅に着いたかな)

顔を上げると、鈴木はもうそこにはいなかった。

電車は停車しておらず、駅に着いた訳ではない。車両を移動したようには思えない。

「やだ、私、酔ってたのかしら」

酒は飲んでいたが、酔ってはいないし寝ていた覚えもない。

確かに鈴木はそこに座っていたはずだ。

静かな車両に一人でいると、急に怖くなった。

次の駅に着いたところで、何人か乗ってきた。

少しだけほっとする。

「何か生臭いな」

見知らぬ乗客がぼそりとそう呟いたのを確かに聞いた。

それから五年以上経ったある日のこと。

とあるホームページであの会社の名前を見つけた。あの会社について注意を促すようなことが書かれている。そこで何となくインターネットで検索を掛けてみると、社長の逮捕に関する記事が出てきた。

あの社長に金を騙し取られた、会社ぐるみで詐欺を働いていたなどなど。他にも関係者が数人、詐欺罪で捕まったようだ。

良くない情報ばかりが大量に出てきたが、何処にも鈴木の名前は見当たらなかった。

ふと——もう生きていないのではないか。

そんな気がした。

相模さんはその後、焼酎と生臭い匂いと「鈴木」という名前が苦手になった。

開いててよかった

その年の新年会は素晴らしく盛り上がった。

二次会三次会と回を重ねた桜沢さんがＪＲ蘇我駅に辿り着いたのは、そろそろ日付が変わろうかという頃合いである。

幸いにも酒は大分抜けてきていたが、家まで歩いて戻るのは少し億劫だ。

終バスなどはとっくに終わっているだろうし、家族には遅くなると告げてある。

タクシーでも拾って帰るか。

東口に出て長い階段をとぼとぼ下りていくと、駅前のロータリーにタクシーが数台溜まっているのが見えた。

普段なら、この時間の駅前はまだまだ賑やかで、終電帰りの疲れた客や一杯引っ掛けた酔客が群れなし、タクシーもひっきりなしにフル回転しているところだ。

しかし、まだ松も明けぬ正月休み中とあって客足は少ない。タクシーの運転手達は、車外に降りて雑談などを交わしつつ一服している。

階段の踊り場辺りまで下りてきたところで、駐められたタクシーの車内が視界に入った。

どの車もガラ空きかと思ったが、先頭から二台目の車の後部座席に人影がある。

灰色のスーツをだらしなく着崩した冴えない中年男が、シートにもたれ掛かっている。

どうやら、いい具合にできあがった酔っ払いのようだ。

運転手達は眠りこけた酔客には目もくれず、雑談に花を咲かせている。

恐らく、乗り込んだ後に行き先も告げずに眠り込んでしまったのだろう。

これが普段の夜なら客の回転を気にして叩き起こすか放りだしているところだろうが、客も疎らな正月の夜ということもあってか、そのまま寝かされているようだ。

階段を下り切ったところで、桜沢さんは気付いた。

〈――何故、二台目なんだ？〉

タクシー乗り場に溜まった車列は三台。

先頭の車は空っぽだ。

客を取るなら〈先頭から順番に〉じゃないのか？

件の車の隣を通り過ぎるとき、車内の様子を覗いてみた。

すっかりできあがって寝入っている男が、窓越しに見える。

だらしなく腹の出た男の身体は、重力に引かれてぐったりしている。

だが、その身体を受け止める後部座席のシートが全く窪んでいない。

そして、シートの座面と背もたれに張られた格子模様の布地が、男の身体と重なって見える。

身体が透けているのだ。

〈あひょっ?〉

と、妙な嗚咽(おえつ)が出そうになるのを飲みこんだ。

ずっと俯(うつむ)いていた男は、もぞりと動いて顔を上げ……そうになった。

桜沢さんは慌てて視線を逸らした。

素知らぬ顔で歩みを早め、そのまま近くのコンビニに逃げこむ。

ロータリーに溜まっていた全てのタクシーが、それぞれ別の客を乗せて走り去るのを待つ間、店から出ることができなかった。

コンビニが開いていてよかった。

歌舞伎町の片隅で

一児の母親となった水梨さんが二十代の頃の話になる。


当時彼女は新宿、歌舞伎町にあるスナックでアルバイトをしていた。

店はビルの四階。大きな交差点の角にあった。

そこまでは、駅から歩いて出勤する。

裏の細い路地沿いを進み、ちょうど広い道に出る少し手前のところに月極の駐車場があった。

かなりの台数が駐められる大きなタイプの物だ。

その時間、駐車場に駐められた車は疎らだった。


歩きながら駐車場のほうを見たとき、車の間に男が一人立っているのが見えた。

彼女が見たとき、男は正面を向いていた。

足取りはおぼつかない。

身体をやや前屈みにして、ゆっくりと動いている。

雰囲気から年齢は彼女と同じくらい。まだ若い男だと思った。

茶髪に上下が真っ白なスーツを着ていた。

(上下白のスーツとか。センスないな)

恐らくホストか水商売関係の人間だろう。

当時、上下白のスーツは流行っていなかった。

この時間から酔っているのか。そんなことを考えながら男を見ている内に「あっ」と声が出そうになった。

足早にその場を離れる。

一度だけ気になり、男のほうを確認したが既にそこにはいなかった。

水梨さんが男を見たとき——白いスーツの胸の辺りが真っ赤に染まっていた。

入ってます

――えー、〈酒は百薬の長〉或いは〈酒は気違い水〉とも申しまして。

落語の枕ではお馴染みのこの喩え、大抵の酒好きは「百薬の長」だと言って酒を飲み、「気違い水」に当てられて醜態を晒す。この辺り、老若男女に拘わらず飲むとタガが外れてしまうタイプの酔っ払いは少なくない。人事不省、前後不覚、泥酔大トラの類である。

彼女――ミキもまた、酒を飲むと酒に飲まれる系女子として、いつも友人をハラハラさせていた。

まず記憶が飛ぶ。知らない人と盛り上がっている内はいいほうで、行方不明は日常茶飯事。知らない場所で目が覚める。すると隣には知らない人が寝ている。酒量も多く、〈ぐでんぐでん〉というオノマトペが聞こえてくるかのような酔いっぷりである。

日頃からこれだけやらかしておきながら、いつか更に大変なことをやらかすんじゃないかと心配した友人達が、飲み会の間中ミキの動向に気を配る。

「あんたねー、もういい歳なんだから。あんまり手間掛けさせないでよ！」

「分かってる！　大丈夫！　だーいーじょーおーぶぅー！」

ミキがそう言って笑うときは、大抵もう大丈夫じゃなくなっている。

この日、ミキはビールがなみなみ注がれたジョッキを前に、妙に大人しかった。ジョッキにこんもり盛り上がっていた泡はすっかり消えてしまい、しかし見たところ一口か二口程度しか飲んだ様子がない。

絶対にあり得ない話だが、まるでミキが下戸のように見えた。

「今それ何杯目？」

「一杯目。っていうか、うーん……何か今日はあんまり飲めないんだよね」

本人も首を捻っている。

思い切ってジョッキに口を付けてみるのだが、どうにも進まない。

普段ならこの琥珀の泡立つ液体を、ぐーっと一気に喉の奥に流し込んで乾杯が終わると同時に二杯目をオーダーするのが、ミキの流儀である。

泡が消えるほど時間を掛けてビールを一口飲んだくらいでは、当然ながら酔いなど回ろうはずもない。

楽しい酩酊感が全く来ないのにも拘わらず、なぜだか飲み過ぎたときのあの不快感だけが胃の内容物を押し上げるように込み上げてきた。

「……うう……ぎぼぢわどぅうい……」

えっく、えうっく、と嘔吐きながら口元を押さえる。

――たったあれだけしか飲んでいないのに？

友人も首を傾げたが、酒の鉄人であるミキも体調不良には勝てないということではあるまいか。これは鬼の霍乱（かくらん）という奴かもしれない。今日の所はミキだけでも早めに帰したほうがいいのかもしれない。

そう気を回している内にミキはふらふらと立ち上がり、店の奥にあるトイレに向かっていった。

洗面台の前の一つ目のドアを開け、ミキはその奥にある女子用の個室トイレに入った。

洋式便器の蓋を開けて俯いてみるが、何も出てこない。

度を過ぎた酔っ払いなら一度や二度は経験しているだろうが、酔いが回り過ぎて何度も吐き、もう吐く物がなくなってもなお込み上げてくる嘔吐（おうと）感が治まらないことがある。この「吐きたいのに吐けない」ということほど辛いものはない。

当然だ。今日のミキはと言えば、酒は進まず、食欲もなくてあまり胃袋にも入れていない。胃袋の中身どころか胃液すら出てこないのに、胃袋を揉みしだくような嘔吐感だけが続く。

ひとしきり嘔吐いてみたが、諦めた。

仕方なく、便座に腰を下ろして用足しも済ます。

「あー……やっぱダメだ。今日は全然飲めてないわ……」

酒とは、酔うから楽しいのだ。

あのふわふわとした酩酊感、足元が揺れるような騒擾感、何を聞いても愉快になり、飲み屋の中にいる人となら、誰とでも仲良くなれる魔法の水。

正体をなくすほど酔っていても、皆が親切にしてくれる。

むしろ、正体と正気をなくしてからが酒の楽しみではないだろうか。

その楽しさを味わえないなど、つまらないことこの上ない。

素面などあり得ない。

〈今日はもう帰っちゃおうかなあ……〉

冴えた頭でぼんやり考えていると、個室の外に人の気配があった。

——カチャ。

外のドアが開いて、店内のざわめきが漏れ聞こえてくる。

再びドアが閉まる音がして、店内の騒がしさが遮断された。

男子用のトイレもあったはずだが、女子用はミキが使っているこの個室一つである。

足音が聞こえた。

——べちゃっ。ずるるるぅ。べちゃっ。

果たして今の音は足音と言っていいものだったかどうか。

何とも湿りけが多いというか。

汚水を一杯まで染み込ませたモップとか。床に撒き散らされた汚れ物を拭き取った雑巾とか。ずぶ濡れになった裾の長いデニムとスニーカーの中に溢れる汚水が零れる音、とか。

どれをとってもあまり気分のいいものではない。

居酒屋のトイレであるから、できあがって緊急事態になっている人なのかもしれない。

足音は個室の前に佇んでいるようで、店のほうに出ていった様子はない。

「すいませえん、入ってまあす」

そう答える。が、返答はない。

これは、アレだな。友人達の内の誰かが様子を見にきたんだろう。

「誰？」

問う。が、やはり返答はない。

——べちゃっ。べっちゃあん。ずるるるるるぅ。べっちゃあん。

再び湿った足音が聞こえた。

出ていくのかと思ったら、個室の前をうろうろしているようだ。

——バンッ。

突如、個室のドアが叩かれた。

——バンッ。バンバンッ。バンバンバンバンッ。バンバンバンバンバンバンバンバンッ。

猛烈な勢いでドアを叩く。

これには驚いた。

「ちょっとやめてよ！　大丈夫だから！　すぐに出るから待って！」

待って——と窘めた途端、音が止んだ。

心配して様子を見にきたように見せかけてこういうことをするのは、多分ユッコ辺りだろう。トイレの外から脅かしておいて、「大丈夫ー？　怖くなかったー？」なんてことを素知らぬ顔して言うつもりなのだ。

「んもー、ユッコでしょう。待ってよ、今流すところだから」

トイレットペーパーを引き出しながら答えると、今度はカリカリという音が聞こえてきた。

見ると、トイレのドアの下に開いた僅かな隙間から、個室内に指が差し入れられている。

生き物の足のように指先を這わせ、手首、肘と順を追って個室に侵入してくるのだ。

指先がトイレの床に張られたタイルを引っかくたび、カリカリカリカリと響く。

〈でも随分凝った悪戯を仕掛けてくるなあ〉

とはいえ、身体を張った悪戯にしては、やりすぎである。ここまではやっていないと思うけど、正体なくすほど酔っ払った自分もこんな悪戯で皆に迷惑を掛けているんだろうか。

「ちょっと！　幾ら何でも汚いよ！　やめなよ！」

タイルを削る指は白くて長く、その指先は赤かった。

赤いネイルなのかと思っていたが、そうではなかった。

指先から爪が毟り取られて、赤黒い瘡蓋になっていたのだ。

〈あ。これ、ユッコじゃない〉

友人の悪ふざけなんかじゃない。変質者、かも。

そう思った瞬間、腕が撓る鞭のように伸びた。

ミキは咄嗟に両足を便座に引き上げた。白い腕は便器の根元に弾かれて宙を掻く。

今、足を触ろうとしていた。変質者が個室に入ろうとしている。

尚も変質者は侵入を諦めなかった。

ドアの下から差し込まれた白い腕は肘を過ぎ、肩口の辺りまでねじ込まれていた。

便座の上に退避したミキの足を捜して、タイルや便器をぺたぺたとまさぐる。便座の上に向かってその指先はじわじわと躙り寄ってくる。

「やめて！　誰か来て！　あんた誰なの！」

誰、と問われたその瞬間、今度は肩口の脇に顔が見えた。

びしょ濡れの黒髪を額に貼り付けたその顔からは性別すら分からない。

そいつはドアの隙間から逆さまに顔を出し、ミキの股間を覗いている。

土気色の顔。口はだらしなく開いて涎を垂らしている。

何か呻いてはいるが、言葉にはならない。

「あー……あーあー、うあー、あー」

ただ、血走った目でミキを見上げている。

と——そこでミキは気付いた。

肩口まで腕を入れた？　頭を突っ込んできた？　目も口元も見えている？

そんなはずはない。個室のドアの隙間は十センチもない。

人間の頭が通るはずはなく、便座の上に座った自分と目が合うはずはなく、涎が糸を引く口元が見えるはずがないのである。その位置から、便座の上に腕が届くはずがないのである。

〈何で？　あれ？　何で？〉

　そこで意識が途切れた。


「ちょっとミキ！　大丈夫？」

　いつまで経っても帰ってこないミキがトイレから救出されたのは、彼女がトイレに立ってから二時間も過ぎてからのことである。

　ミキは便座に突っ伏し、あられもない格好で失神しているところを揺り起こされた。

「私、叫んだじゃん！　怖かったのに！　何で誰も助けにきてくれなかったの⁉」

　そもそも、一つしかない女子トイレの個室が二時間も塞がっていたのに、店の人は誰も不審がらなかったのか、とミキは憤慨した。

　すると友人は困惑気味に言った。

「いや、私も何度かトイレ使ったけど、ここずっと空いてて誰もいなかったよ。あんた、本当に、今まで何処にいたの」

飲み干す

それは寒い夜であった。

小野さんは仕事の後の飲み会に向かっていた。同行するのは直属の課長と、同僚の仲田である。

飲み会とはいえ、主たる目的は酒ではない。

要するに、課長の指導をありがたく頂戴する会である。正直、面倒で仕方ない。仲田はあからさまに顔を顰めている。

場所は、仲田が見つけたという居酒屋だ。古い酒蔵を改造した店のようである。

外見に似合わず、押し付けがましい和風調な内装ではない。あるがままを活かした素朴なものであった。

これといって特別な料理はないが、丁寧に作られているのが分かる味だ。

店の奥にはワインセラーがあるという。課長は無類の酒好きである。早速、見にいった。

これは良い店だと喜んだのも束の間、一つだけ残念なことがあった。

熱燗がないのである。日本酒そのものは置いてあるのだが、熱燗は取り扱っていないようだ。

別に構わないのだが、こんな寒い夜には熱燗が飲みたくもある。

玉に瑕（きず）とはこのことだなと残念がる小野さんに向かい、仲田がにんまりと笑いかけた。

「これが何とも面白い理由がある。それを聞かせたくてこの店にした」

仲田は声を潜め、その面白い理由とやらを話し出した。


ここに酒蔵があったのは、十年以上も前だ。

規模は小さいが、質の良い酒を造っていた。

それはひとえに、先祖から大切に守られてきた井戸のおかげであった。

ある年、それが消え失せた。

遠く離れた地域に建設された大型ショッピングモールが、この地までの水脈を断ってしまったのだという。

更に深く掘り下げることで、再び湧き出てきたのだが、全く使い物にならない水であった。

それでも何とかしようと当主は踏ん張ったのだが、結局どうにもできず、蔵の中で首を吊って死んだのである。

事故物件であるのは確かだが、もう十年以上も前のことだ。事実、この店ができて暫くは何事も起きなかった。

異変が起きたのは冬に入ってからだ。

熱燗を頼んだ客が悲鳴を上げた。盃に人の顔が映っていたという。

気のせいだろう、酔い過ぎだと仲間に茶化され、その場は収まったのだが、それ以降も盃の怪は続いた。

ビールやワインのグラスには映らない。日本酒も冷やで飲む分には異変がない。

その代わり、熱燗にしたらグラスだろうが茶碗だろうが、器を問わず映り込む。


「だから、この店には熱燗がないんだよ」

そこまで話した仲田は、鞄から何かを取り出した。見ると、携帯用の魔法瓶である。

「出がけに熱燗を入れてきた。このグラスにこいつを注いだら」

面白い試みに小野さんも身を乗り出した。店の者の目を盗み、グラスに注ぐ。

そっと覗き込んだ仲田が仰け反った。

「マジか」

一言だけ呟いて目を丸くしている。

続いて小野さんも覗き込んだ。はっきりと顔があった。まるで、酒に浮かんでいるようである。

顔は、悲しげにこちらを睨みつけていた。

こんなものは早く捨ててしまおうと焦る小野さんに向かい、仲田は笑顔を押し隠して言った。

「これさ、大抵の奴は捨てるだろ。それを敢えて飲み干したらどうなるかな」

そのときちょうど、課長が戻ってきた。

「課長。熱燗どうですか。凍えた身体に最高ですよ」

「お。これはありがたい」

課長が、グラスを一気に飲み干した。小野さんは止める間もなかったという。

暫く見ていたが、特に何も起こりそうにない。

落胆する様子を見せる仲田に苦笑し、小野さんは並べられた料理に舌鼓を打った。

いつもは饒舌(じょうぜつ)な課長は、先ほどから黙り込んでいる。つと立ち上がり、トイレに向かった。

そのまま帰ってこない。気分でも悪くなって寝込んでいるのではと案じた小野さんは、トイレに向かった。

課長は、やはり大便器に抱きつくように眠っていた。

揺すったり、声を掛けたりしたが、どうしても起きない。

慌てて救急センターに運び込んだが、何一つ悪いところは見つからなかった。
医者も首を捻るばかりである。現時点でも昏睡状態が続いているという。
仲田は相変わらずその店に通っている。
もう一度、熱燗を試したところ、顔は現れなかったらしい。
今年の冬から、あの店には熱燗が復活するとのことである。

繁盛酒屋

今から十年くらい前に繁盛している酒屋があった。

店舗の前には駐車場。

その隅、店舗側に小さな祠みたいな物が存在していた。

前田さんが出勤時、まだお店は開店していない。

だがそこのお婆さんと思われる人が祠の扉を開け、お花や日本酒の四合瓶を供えている姿を何度も見かけていた。


ある日のこと。

日常と化したお婆さんの姿を何の気もなしに見ていた。

すると、駐車場のアスファルトに直径二メートルほどの濡れた円状の染みが存在していることに気付いた。

これまでにもその円はあったのかもしれない。

ただあまりにも形が綺麗だったので、風景と同化して気付かなかった可能性が高い。

（繁盛祈願の盛り塩みたいなもんか……）

そう思い、会社へと向かった。

翌日から無意識ではあるが、お婆さんと円を確認する習慣が付いていた。

（今日も綺麗な円だな）

（今日は雨だから、円が分からないな）

（今日は……これから水を撒くのか。どうやってあんなに綺麗にするのか見たいけど、時間がないな）

円に気付いてから三カ月が過ぎていた。

いつかお婆さんの散水技術をお目に掛かれるだろうと思っていたが、一向にその日はやってこない。

通り掛かるときには既にできあがっていることが大半であった。

それならば、と出勤時間を早め、観察することにした。

翌日、いつもより三十分も早く前田さんはお店の前にいた。

まだお婆さんの姿は見えない。

缶コーヒーを飲みながら、そのときを待った。
十分ほど過ぎた頃、店舗の玄関からお婆さんが出てきた。
祠周りの掃き掃除をし、扉を開けると供えてあったお花とお酒を下ろした。
一度店舗内に戻り、新しいお花とお酒を抱えて出てきた。
そのとき——灰色のアスファルトに色濃い染みが浮き出てきた。
液体はじわりじわりと少量ずつ湧き出るようにアスファルトを染め、円を模る。
円縁を滲みで崩すことなく、湧き出る液体は止まった。
(え⁉　え⁉　えっ⁉)
前田さんはその光景に大変驚いたが、すぐに一つの考えが頭に浮かんだ。
(駐車場には散水装置が埋設されており、定量で水がストップする仕組みなんだ)
そう考えると納得がいく。
ただここまで滲みのない円を描くとは、実に惚れ惚れするようなシステムである。
その技術の片鱗である液体の排水口を確認したいと、駐車場内に歩を進めた。
「まだやってませんけど」
急にお婆さんが振り向き、前田さんに話し掛ける。
「いや、そうじゃなくてですね。この素晴らし……」

「開店は十時からですから」

話を遮ったお婆さんの口調には棘があった。

また凄みのある目付きから、これ以上の会話は無理だと理解できた。

翌早朝、前田さんは店舗駐車場にいた。

お婆さんと鉢合わせない時間を見計らってきたのだ。どうしても技術を確認したい欲求が抑え切れなかった。

アスファルト面を確認するが、何処にも排水口は見当たらない。

また特に円状を形作るための溝なども見つからなかった。

(もっと特殊な技術なのか?)

釈然としないまま、駐車場を後にした。

それから半年ほどが過ぎた。

出勤時、お婆さんの姿は見かける。円も確認できる。

ただ一風景として、特に関わることなく過ごしていた。

更に一月が過ぎた頃。

お婆さんの姿を見かけなくなった。

何となくであるが、変化としては店舗内が暗く感じられた。

そして例の円にも変化が生じていた。

――〝○〟から〝×〟へと変わっていた。


アスファルトの染みが〝×〟へ変わってから一月も経たない内に、店舗のシャッターに閉店の貼り紙が張り出された。

それから数日後、酒屋兼住宅は火災で焼失する。

あの祠も一緒にそのまま姿を消した。

あるマスター

とある繁華街で遠藤さんはバーを経営している。

彼には霊感があり、一部の常連達は相談事を持ち込んだりしている。


ある日のこと。

常連客の今さんが神妙な顔で話し始めた。

「うちの爺さんなんだけど、狐か何かが憑いているのかもしれなくて……」

今さんの実家は、繁華街まで一時間ちょっとの長閑な町にある。

畑仕事を趣味とするお爺さんが、先日から突如奇声を上げたり冷蔵庫の中の食べ物を動物のように食い散らかすようになったのだという。

「家族は痴呆だと疑っているんだけど、俺にはそうは見えなくて……」

今さんは、お爺さんが農作物を荒らしにきた狐に石を投げたことを何度も聞いていた。

それで死んでしまった狐がいるのではないか、と考えていたのだ。

早速、次の日曜日に遠藤さんは今邸を訪れた。

二人の会話を知らない今さんの家族には外出してもらい、遠藤さんはお爺さんと対峙する。

「キェーエェーーー！　コォォオオオ!!」

遠藤さんを見るなり四つ足になり、背中を丸め威嚇するお爺さん。

一切の動揺を見せず、「ふーん」と注視する遠藤さん。

二分ほどで確認作業が終わったのか、「日本酒ある？」と訊いてきた。

今さんが速やかに一升瓶を差し出すと、コップにお酒を注ぐ。

「部屋をちょっと汚しちゃうけどいいよね？」

黙って頷く今さんを見て、遠藤さんは酒を口に含んだ。

勢い良く噴き出された酒はお爺さんに掛かり、直後に念仏のようなものを唱え始めた。

間もなく、パタリと力なく倒れたお爺さんを見て、遠藤さんは「はい、終了」と微笑む。

——少しして意識を戻したお爺さんは、普通の状態に戻っていた。


「ん？　狐じゃないよ。低級霊」

あっけらかんと話す遠藤さん。

「ただね、ちょっと強めの奴だったから、面倒だなとは思ったよね。そしたら、ちょうどいい条件があってさ」

遠藤さんは、お爺さんが下戸なのを見抜き、日本酒を使ったのだという。

「いやぁ、ついてるよね。俺って」

そう言いながら、少年のような笑顔を見せた。

一方、事情を知らない今さんの家族は、一時的な痴呆が元に戻ったのだと思い込んでいる。

オレンジ

バーのマスターをしている遠藤さん。

彼の店には、連日、常連客と霊が訪れている。


ある日のこと。

開店準備をしていると、ドアを擦り抜けて女の子が入ってきた。

とりあえずは様子見とばかりに放置していると、遠藤さんの前までとことこやってくる。

『パパとママを助けてください』

どうやら悪い性質のものではないらしい。

小学校低学年くらいの少女は、縋るような表情で遠藤さんに話し掛けてきた。

「どうしたの？」

彼女の言葉だけでは足りない部分を補足しながら、状況を整理していく。

この子は、常連客である筧（かけい）さんの子供らしいことが分かった。

そして筧さん夫婦は離婚の危機にあるらしい。

少女の願いとはいえ、こちらから進んでお客様のプライバシーに踏み込むことは躊躇わ
れる。
「うーん、難しい話だから、約束はできないなぁ」
そう言うと、少女は声を上げて泣き出してしまった。
(弱ったなぁ……)
そんなことをしている内に、開店の時間を迎えた。

二十一時を過ぎるまで一人の来店もない状態。
少女は未だにシクシクと泣き続けている。
——カランカラーン。
来店を告げるドアベルが鳴った。
訪れたのは筧さん。
(呼んだな……)
御膳立てされた状況に、遠藤さんも覚悟を決めざるを得なかった。
注文されたバーボンを出し、頃合いを見計らって話を切り出す。
「失礼を承知で話しますが、お嬢さんが来られまして……」

ハッとした表情をする筧さん。
少しの沈黙が流れた後、ぽつりぽつりと話し始めた。
娘の美香は八年前に交通事故で亡くなっていた。
その頃からぎくしゃくし始めた夫婦関係。
落ち込んでいる妻を元気にさせようと、旅行に出掛けたりもしていた。
だが一向に、妻の気持ちは戻らない。
そうしている内に、向き合うのが苦痛になっていた。
結果、家庭内別居。
必要以上の会話は交わさず、頭の中は離婚のことばかりを考えて過ごしていた。
「自分が弱かったんです。今だって、大切だった娘のことを忘れていたんですから」
筧さんの横には、力なく呟く父親を心配そうに見つめる〈美香ちゃん〉の姿がある。
それから暫く言葉に詰まっていた筧さんは、覚悟を決めたように声を上げた。
「すみません、ちょっと力を貸してください。今から妻を呼ぶので」
三十分後、筧さんの妻と思しき女性が来店した。
何処か不機嫌そうな表情から、夫婦間の状況は垣間見える。
筧さんはマスターの力の話をした。

奥さんは疑念の表情を浮かべる。

「嘘じゃないって。この人は本物だって。今だって、美香がいるんだって」

娘の話題が出た瞬間、奥さんは弾かれたように反応した。

「何処に⁉　ねぇ、何処にいるの⁉」

遠藤さんは奥さんの右隣に〈美香ちゃん〉がいることを伝える。

それに反応した奥さんは——何もない空間を優しく抱き締め続けた。


奥さんが落ち着いた頃、遠藤さんは筧夫妻に〈美香ちゃん〉が訪れた理由を告げた。

二人は、今のままなら恐らく遠くない将来に離婚していたであろうことを認めた。

「死んだ子に心配させるって、父親失格だよ」

塞ぎ込む二人に、遠藤さんはバーのマスターとして声を掛けた。

「まあ、こちらをどうぞ」

差し出された二つのジントニック。

〈美香ちゃん〉は椅子の上に立ち上がり、カウンターテーブルへ身を乗り出した。

おやおや、と眺めていると、少女はジントニックの上に手を翳(かざ)す。

すると透明な液体は、見る見る内に鮮やかなオレンジ色へと変わった。

「美香ちゃんからのプレゼントみたいですよ」

寛夫婦は涙を零し、そして優しく笑った。

生前、オレンジ色が大好きだった美香ちゃん。

その色が夫婦に絆を取り戻した。


この奇跡の一週間後、少女の命日が訪れた。

アブサン

鳥井さんは、中学生の頃にはもう料理人志望だった。

専門学校を卒業した後、ある料亭に住み込みで働いていたが、先輩二人との折り合いが悪く、早々に諦めてそこを辞めてしまった。

その後は、気楽さを求めてしまって一つ所で勤める気にならず、不定期の飲食店関係のアルバイトで食っていた。

厨房もやれば、ホール担当もやる。

この頃は、創作料理を出す洋風居酒屋で定番の料理だけ任されていたが、昨夜はどういう訳か学生の団体が次々と飛び込みで来たせいで、午前二時の閉店時間まで大わらわだった。

片付けを終えて、引き揚げたのが四時過ぎ。

ぐったりと自分のアパートの寝床で横になって、泥のように眠った。

が、何処か近在でサイレンを鳴らした消防車が、けたたましく前方を開けろとアナウンスしながら走っているのが耳に入って微睡(まどろ)みから覚まされた。

〈……朝火事か?〉

うっすら瞼を開くと、白々とした朝日がカーテンの隙間から室内に差し込んできている。

携帯の時計を見ると、まだ七時過ぎだった。

〈……全く〉

寝直そうとしたが、依然としてサイレンは聞こえていた。それどころか、違う方向から複数の警報音が聞こえ始めた。しかも、どんどん近付いてきている。

耳を澄ますと、人の叫び声のようなざわめきも混じっているようだった。

〈すぐ近くなのか……？〉

流石に不安を感じてベッドから降り、窓際へ行ってカーテンを開いた。

鳥井さんのアパートは少し高台に建っており、この窓からの見通しは良かった。

――殆ど真正面の下方、住宅の建て込んだ辺りで、一軒家の二階から灰色の煙が立ち上っていた。

こちら側からは火勢は見えなかった。反対側にある窓から煙が噴き出しているのだろう。

消火活動は始まっているようで、既にたくさんの赤色灯が周囲で輝いている。

〈あれは……〉

鋼板張りの鼠色の屋根が下から燻（いぶ）されて、垂木の辺りから厭な感じで煙が上がっていた。

鳥井さんは、すぐに一気に火勢が強まると確信して、カーテンを閉めた。

あの様子は、昔見たことがあった。

しかも、火災時のあの火焔を見ると、碌なことにならないことを思い出したのだ。


その日も夕方から厨房のアシストに入り、仕込みの残りを仕上げた後、唐揚げやらポテトフライやら、やたら脂っぽいものが集中した大量の注文をこなした。

一息ついた頃、ちょうど深夜シフトのバイトがやってきた。

「今日はもう、上がっていいぞ」

昨日残業していたので、疲れもあった。厨房責任者とスタッフに挨拶して、更衣室で着替えて外に出た。

裏通りから出ると、居酒屋やスナックの集中した繁華街である。一本筋を越えるとクラブやラウンジの入ったビルが並んでいた。

週末でもないのに、どういう加減か人出は多かった。会社帰りの一行が、二、三軒回ってちょうど帰路に就こうかという頃合いだ。

その雰囲気や、色とりどりの看板を見つめている内に、ちょっと一杯飲んでいこうかという気分になった。

鳥井さんは、普段は殆ど飲まないのだが、料理に付きものの酒に関しては時々思い出したように味を確かめに行くことがある。もっと勉強しなくてはと思うのだが、これに関しても現状中途半端に終わっていた。

以前、行ったことのあるバーは歩いてきた道筋の反対側にある。引き返すのも億劫なので、適当な店はないかとそのままぶらぶら歩いていると、雑居ビルの並びの一階に、壁面にドアだけの正体不明の店を見つけた。

〈……これって……隠れ家的な？〉

上方の集合看板を見上げると「1F　BAR●●」とある。

ドアの覗き窓から見ると、結構重厚にボトルが並べられたバックバーが見えた。オーセンティックバーらしい。

カウンターに三、四人ほど座っているが、ざわついている様子はなく、静かに飲む客ばかりのようだった。

手頃かな……と、思いつつドアを開けた。

「いらっしゃいませ」

多分四十代くらいの、店主らしきバーテンダーが愛想良く出迎えてくれた。

店内はかなり薄暗い。

カウンター席の、中ほどに座った。

　バックバーは、正面にテキーラやジンなどのスピリッツが並び、左手にはカクテル材料系の諸々のリキュール、右手に行くほどバーボン、アイリッシュ、スコッチとウイスキーの類となっていた。

　なかなかの品揃えである。

　目移りしてしまったが、「何に致しましょう?」と訊かれると、「ゴッドファーザーを」と、すんなり口に出た。

「かしこまりました」

　ゴッドファーザーは、ウイスキーとイタリア産のリキュールであるアマレットで作るカクテルで、分量もおおよそ七対三と決まっていて実にシンプルだが、ベースのウイスキーを何にするかで随分味が変わる。

　自分でも何度も作って試してみたのだが、なかなか上手く決まらないので頭の隅にでもあったのだろう。

「どうぞ」

　出されたロックグラスを口に運ぶ。

　アマレットのアーモンドの甘みと、円やかなウイスキーの風味が調和して実に美味かった。

　やはりプロは違うという憧憬に似た思いと、ベースのウイスキーの銘柄も分からない悔しさと、妙な焦燥感とが一遍に込み上げてきた。

二杯目は、気分を変えてマティーニのオンザロックにした。

一口飲んで、味の変化を楽しもうと丸氷が溶けるのを待っていると、右手にいる壮年の客がその隣の学生風の男へと話し掛けているのが耳に入った。

「お前も、もっと何にでもやる気を出さんといかんぞ」

説教じみているので、どうやら親子らしい。聞くともなしに聞いていると、初めて二人で飲みに来た様子だった。

成人祝いかなと思う。

ウイスキーの並んだバックバーを手で指し示して、

「これを全部飲んでみてやろうというくらいのだな……」

父親のほうは、ボウモアをワイングラスで飲んでいるくらいのスコッチマニアらしかったが、もう随分酔っていた。

息子のほうは何も言わず、明らかに薄めのジントニックを飲んでいる。

息子の気分が分かる気がして、思わず苦笑いが出て反対側を向いた。

左手には、二十代半ばと思われる女の一人客が、ずっと無言でショートのグラスをたまに口に運びつつ、バックバーの明かりで文庫本を読んでいた。

カクテルは多分、ビトウィーン・ザ・シーツで、かなり強い酒だが女は崩れた様子もなく、フェミニンロングの髪を掻き上げると、また頁を捲った。

そして、思い出したようにバッグからシガレットケースを取り出すと、見慣れない筒紙の黒い煙草を取り出し、細身のライターで火を点けた。

紫煙と甘い香気が漂ってくる。

「ブラックデビル」

バーテンダーが疑問に答えるように囁(ささや)いた。


翌日、同じバーへと赴いた。

定時開けなので時間は少し遅かったが、店主はまだ大丈夫だと言う。

昨日、あの父親が飲んでいたワイングラスのボウモアが気になっていたのでそれを頼んだが、あの女が同じ位置でまた文庫本を読んでいた。

表紙をチラ見すると、何だか怖い話の本らしい。

〈ホラー……？〉

「怪談本です。興味あります？」

それに気付いた女が話し掛けてきた。他の客がいないので、店の中で声が通った。

「いや、まあ……あんまり馴染みはないですね」

「香坂さんは怪談マニアなんですよ」

また始まった、といった態(てい)で店主がグラスを磨きながら言った。

「お客さんから体験談を聞き出すのが趣味なんですよね」

「へえ……」としか返事のしようがない。

「何か不思議な体験はおありですか？」

「……うーん」

幽霊などは信じないので、気に留めたこともなかったが、

「そう言われれば……金縛りはありますね」

「金縛り？」

あまり話したいことではなかったが、話を途切れさせるのは惜しい気がした。

「……小学生の頃、実家が田舎なので冬の何もない田圃の中で夕方ぶらぶらしていたんですが」

「ええ……。マスター、こっちに来るね」

一つ隣の席へ寄ってきた。トワレのベルガモットの香りがしてくる。

「見渡す限りおおよそ田圃なんですけど、一角にまあそれなりに町があって白い倉庫みたいな建物が屋根だけ見えるんですが」

「ええ」

「そこの中はスーパーみたいな感じの商店なんですよ。二階は多分その物置になっていたんじゃないかな。で、何でか忘れましたがそっちのほうをずっと見つめていたんですよね……」

すると、その屋根からうっすらと煙が立ち上り始めた。

下から燻されているような、白い煙だった。

違和感を抱くと同時くらいに、屋根に穴が開いて猛烈な火焔が上がり、呆気に取られている内に建物全体に延焼してしまった。

「ぼんやりと一部始終を見つめていました。でも、せいぜい十分くらいだったんじゃないかな。消防が来る頃には既に燃え落ちていたと思いますよ。で、その夜、金縛りに遭ったんですよね」

子供部屋に兄と二人で寝ていたが、厭に寝苦しくて目が覚めた。

そのときには既に金縛り状態だった。そういう現象が初めてだったのもあって、怖ろしくて目を瞑ってじっとしていると、布団の足元辺りをまさぐる手の動きのようなものを感じる。

そちらの側は壁なので、全く足場もなく、その姿勢で誰かがいられるはずはなかった。

一度、ぐいっと布団が引っ張られる感じがしたが、必死で耐えているとやがてそれは納まり、金縛りも解けた。

「その後は、布団の中で縮こまって無理矢理に寝ましたよ」

「……その火事で死人は出たんですか？」

「それは聞かないですね」

まあ、怪奇体験としては、ありきたりの感じだったのだろう。あまり会話が弾まなかった。

「で、今度は高校二年のときに、昼火事を見たんですよ」

続きがあるんだ、と露骨に興味を持った様子で、その香坂という女は目を輝かせた。

だが、妙に無邪気な感じがして、その表情に惹かれてハッとした。

「……マンション火災でしたが、部活帰りの夕方に川の土手道を歩いていて、場所はその対岸でしたね。通り過ぎる間際に煙が出てきて、振り返ったときにはもう火勢が窓を舐めてました。このときは、すぐに消防車が来て、その世帯以外への延焼はなかったんですが、一人亡くなったとか」

「ええ」

「そのときは小学生のときのあれはすっかり忘れてしまっていたんですが、やはり夜中に金縛りに遭いました」

「……火事とセットになっているんですか？　聞いたことがないです」

「……さあ？　火事を見たのは二回だけなので」

だが、どうもそうなのではないかとは内心では思っていた。

「……そのときは一人部屋でベッドで寝ていたんですが、やはり足元に何かいる気配がするんですよ」

高校生にもなると、幾分冷静に対処ができる。うっすらと瞼を開けたが、足元には何もいなかった。

そのまま暫く様子を窺ったが、静かなままで何も起きなかった。

金縛りはなかなか解けない。こうなったら眠るしかないと目を瞑ると、今度は顔のすぐ近くで浅く速い人の呼吸の音が聞こえた。

ハッとして目を開けると、ベッドの脇に白っぽい着物のつんつるてんの脛を出した下半身が立っており、上半身は鳩尾(みぞおち)の辺りから直角に折れ曲がって、それが時計の針のように胸を軸に回転しながら、自分の顔の上を通り過ぎていくところだった。

「……びっくりし過ぎて、それから先はよく覚えていないんですよね。顔も覚えていない

「……」

「凄いですね。幽霊を見てるんじゃありませんか」

「……いやー、夢だったのかもしれませんよ」

「時間が経つと、皆さんそう仰るんですよね」

話をしてくれたお礼だと言って、カクテルを一杯ご馳走してくれた。

それが縁で、彼女とは暫く飲み友達のような関係が続いていくことになった。


名前は……香坂真知子といった。

何度も会う内に、正式に付き合ってもらいたいと思うようになったが、鳥井さんが正職に就いていないのがネックになってなかなか言い出せないでいた。

それで暫くハローワークに通っていたが、別途人の紹介で、ある福祉施設の委託厨房に就職できることになった。

面接も終わって一段落した頃、待ち合わせてあのバーへ行った。

カウンターの隅に二人で座って、いつものように飲んでいたが、

「今日は、面白いものがあるのよ」と真知子が言った。

「面白いもの?」

「お祝いだしね」

「え？」

就職の件は、まだ完全に確定ではないので真知子には話していなかった。

「マスター、あれ出してよ」

店主は頷くと、カウンターの中から一本の見慣れない洋酒の瓶を取り出した。

緑色ではなく透明の種類だが……あれは……。

「アブサン……」

「御名答」

薬草系リキュールであるアブサンは、香味を出すためにハーブ・スパイス類が浸漬される。その主たるものがニガヨモギだが、それにはツヨンという成分が含まれている。

二十世紀初頭には、その強い中毒性が問題になり、各地で製造禁止となった。

長らく幻の酒となっていたが、八十年代末頃から低ツヨン濃度のものが解禁され、最近ではぽつぽつと種類も揃って、出回り始めたのは知っていた。

「でもね、これってツヨン濃度が三十ｐｐｍもあるのよ」

それが凄いのかどうかピンと来なかったが、真知子が言うのならきっとそうなのだろう。

彼女の酒に関する知識量には並々ならぬものがあった。

「ツヨンの毒性は諸説ありますからね。期待してもこれで幻覚なんか見えませんよ」

店主はそう言って、アブサングラスを二つセットし、グラスのワンショット分の目印までアブサンを注いだ。

この時点では、まだアブサン自体は透明である。

そして銀色のアブサンスプーンをグラスの上に渡し、角砂糖を乗せた。

メジャーカップで、アブサンを角砂糖に注ぐ。

「私のからね」

真知子が、ライターで砂糖に火を点けた。

この飲み方自体は、何かの映画辺りから流行ったようで、どうも正式のものではないらしいが、この際細かいことを言うつもりはなかった。

角砂糖から蒼白い炎が揺らめき立ち、それに目を奪われた。元々店内が薄暗いせいで、よく見える。

すぐに角砂糖が泡立ち始め、溶け崩れていく。

真知子が頃合いを見てそれに冷水を注いでグラスに落とし、スプーンで掻き混ぜた。

早速一口飲むと、

「美味しい」と、御満悦だった。

鳥井さんは、自分の分の角砂糖に火を点け、じっくり炎が上がるのを見ていた。

その微細な明かりで照らし出された真知子の横顔を、改めて美しいと思った。

調子に乗ってアブサンを数杯空けたせいで、ツヨンのせいではないだろうが、いつにない酩酊感が襲ってきた。

タクシーから降りると、よろめきながら自分のアパートの部屋に入り、服を脱ぎ散らかして下着だけでどうにかベッドに辿り着いた。

布団の中に潜り込み、すぐに何処かに墜落するような深い眠りに入った。

…………。

…………。

不意に目が覚めた。

一瞬、何処にいるのかが分からなかったが、目が慣れると自分の部屋のいつもの天井が見えた。

が、手足に力が伝わらず全く動かない。

寝返りもできない。

〈金縛り……？〉

どうやらそうだった。久々だったが、あの身体の自由が完全に利かない絶望感が甦ってきた。

〈……きっと、あのアブサンの炎を見過ぎたせいだ〉

そう思ったが、後の祭りである。

そして……。

またもや、布団の足元の辺りに何かの重量感のようなものを感じた。

〈何だ……？〉

今回は、ベッドの端に人間一人分が乗っているような、そういう気配がする。

そしてそれが、手を付き伸び上がりながら移動する感じがした。

足から腰に掛けて重量が掛かり、更にそれが腹から胸の辺りに進んできた。

見たくはない。……見たくはないのだが。

必死に顎を引いて、布団の襟元から覗くと、髪が見えた。頭頂部だ。

見慣れたフェミニンロング。スモーキーな髪色……。

いつものトワレの香りが漂う。

〈……真知子？〉

それは、じわりと顔を向けた。

顔貌は真知子そのものだった。だが……まるで、ヴェネチアンマスクのように、眼窩の中が何もなく空洞になっていた。

鳥井さんはパニックに陥り、悲鳴を上げ、反射的に身悶えした。

弾みで金縛りが解けたのか、布団の上の〈それ〉を押し退けようとした。

途端。

〈それ〉は、段ボール紙でできた立て看板のようにぺしゃりと一方向へ潰れると、布団の中へ吸い込まれるようにして消え失せてしまった。


翌日、また待ち合わせてあのバーへ行った。

真知子はテーブル席に座り、シャーリー・テンプルを飲んでいた。

ノンアルコールカクテルの代表選手みたいな代物だった。

店主のほうを見ると、しきりに首を傾げる仕草をする。

「あのさ……」

「はい」

「また金縛りに遭ったよ」

「……怪談話は嫌いです。怖いじゃないですか」

そう言って、テーブルに読んでいた文庫本を置いた。

ベストセラー作家の書いた、恋愛小説だった。

その後も、全く話が噛み合わなかった。

だが、鳥井さんは暫く粘って、これが恐らく真知子の本来の性格であり、何かの〈憑き物〉の落ちた状態であることを確信することができた。

「……そんな臭いお酒、よく飲めますね」

鳥井さんの前に置かれたアブサングラスを見て、真知子が言った。

「……そうか。……嫌いなんだ」

一目見たときから分かっていた。化粧も、コロンも違っていた。

昨日の夜うちに来たのが、自分が好きだった真知子だったのかもしれないと思った。

就職が決まったことを報告するつもりだったが、どうでもよくなって席を立った。

通りに出てしまってから、あのときのアブサンは何のお祝いだったのか訊いておけば良かったと思った。

が、また思い直して家路に就いた。

……以来、真知子とは連絡を取り合ってはいない。

オールドハバナ

とある地方都市に住む中村さんという四十代の男性から聞いた話である。

「昔さ、シガーバーってのがこの街にもあったのよ」

シガーバーとは、シガー、つまり葉巻をコンセプトとしたバーのことである。

例えばバーボンをちびりちびりとやりながら、思う存分葉巻を燻らせることができる。最近肩身の狭い愛煙家の社交場とも言えるだろう。

基本的な佇まいは一般的なバーと変わらないが、置かれている葉巻の種類が違う。当然ながらバーテンダーには葉巻に関する知識も求められる。

「その店の名前を、仮にオールドハバナと呼ぶことにしますか」

かねてから一度シガーを試してみたいと思っていた中村さんは、たまたま友人にオールドハバナの存在を教えてもらって足を運んだのだ。

意外なことに、その店はまだ若い男性の経営する店だった。

若いとはいえシガーと酒についてはマニアックとも言えるほどの知識を身につけており、カクテルを作る腕もいい。人当たりも良く、話も軽妙だ。店長は初めてシガーを吸う中村さんに、丁寧に吸い方を教えてくれた。

それからと言うもの、中村さんは葉巻を吸いたくなると、いつもオールドハバナに足を向けるようになった。店でゆっくりとシガーを燻（くゆ）らす時間が無二のものになっていった。

通い出してから半年ほど経った頃、彼は店長に店内の一角にあるテーブルについて訊ねてみた。そのテーブルには常時「予約席」と書かれたプレートが置かれている。たとえ店が混み始めても、客に開放されるのを見たことがない。それが気になっていたのだ。

「あの席はずっとリザーブドになっているけど、何か理由があるんですか」

そう訊ねる中村さんに、店長は「あの席ですね」と言って、由来を教えてくれた。


最初は常連からの指摘だった。

「店長、あの席にいつも座ってる人がいるよね」

視線の先には、誰も座っていないテーブル席がある。

店長には霊感のようなものは全くない。そのときも、「えっ、そうですか？」と笑って答えただけだった。

幽霊が店にいると指摘されれば気持ちの良いものではない。しかし、バーは水商売である。水商売の店に幽霊がいると、お客さんを連れてきてくれるという話も聞く。他のお店の店長にも、店に幽霊は付きものだと冗談めかして言われた。

「それを皮切りに、何度も別のお客様にも言われるようになったんですよ。あの端の席に男の人が座っているって」

その当時は、その席も普通に利用していた。しかし、どうも落ち着かないのか、通された客からは、何故か暫くすると席を変えてほしいという要望が出る。理由はよく分からない。ひょっとしたら本当に幽霊がいるのだろうか。そんな気持ちが芽生えた。


「うちは丸ごと居抜きで入って、内装だけ変えた感じなんですよ」

開店時の初期投資を抑えるためによく使われる手である。テーブルや椅子なども前の店から引き継いで使っている。

「だから、この店の前の店にも常連さんがいたんでしょうけども、詳しくはよく分からないんです。でもきっと、前の店の常連さんなんだろうな、と思うようになりまして」

だから予約席にしてあるのだ、と言った。

中村さんはその話を聞いて、意外に思った。考えていたよりも、捉えどころのない理由だったからだ。そう伝えると、店長は目を伏せた。

「ま、それだけじゃなくて、一つ決定打がありましてね」

　そう前置きして店長は話を続けた。

　その夜は客が一人も来なかった。

　珍しいこともあるなと思いながらカウンターに立っていると、例の席に誰かが座っている気配を感じた。

　もちろん気のせいかもしれない。しかし、そんな経験は初めてのことだった。

　そのテーブル席に氷水の入ったグラスとコースターを持っていくことにした。そしてシガーに火を点けるためのマッチ、長方形のシガー用灰皿もサーブした。

　冗談のつもりはない。たとえ見えなかったとしても、一人の大事なお客様だ。

「どうぞお使いください」

　そう言ってカウンターに戻った。

　グラスに入った氷が大半溶けた頃に、店長は再びその席に向かった。もう先ほどまで感じていた気配はなかった。

　結露を吸って柔らかくなったコースターには、爪の先か何かを押し付けて書いたような、「アリガトウ」の文字が記されていた。

　それ以来、その席はその見えないお客様の専用席なのだという。

バタフライナイフ

「ビールを飲むときにさ、いつも思い出すことがあるんだ」

ユタカさんはそう言うと、彼がまだ十代だったときのことを教えてくれた。

フィリピンでの話である。

ユタカさんは日本出身だが、中学生の頃から親の都合でフィリピンの首都マニラで暮らしていた。もちろん現地の学校に通い、現地の言葉も堪能である。

高校生の頃、ユタカさんはブレイクダンスが趣味で、地元のチームに所属していた。あるとき、同じチームにいた友人のマイクが、バギオという大きな街の高校へと転校していった。家族と離れての寮暮らしだという。

バギオはユタカさんの住むマニラから長距離バスで半日ほどの距離にある。マニラからすると北方に位置している。近隣には世界遺産のコルディリェーラ棚田群もあり、観光客が多く訪れる場所だ。また高地にあるために気候が涼しく、避暑地としても名高い。

半年後、学校が長期の休みに入ったタイミングで、マイクがマニラに帰省してきた。

「バギオはここと違って涼しくて綺麗な都市だよ。一回こっちにも来てみろよ」

その言葉に、ユタカさんは従兄弟と一緒にマイクの学校まで遊びに行くことにした。

親元を離れての旅行に二人の心は浮き足立っていた。夜の街でちょっとばかりやんちゃなことでもしてやろうかと考えていたが、そんな二人をマイクは諫めた。

「ちょっとこの街は夜になると危ないんだ」

昼間は観光地然とした顔をしているが、夜になると様子が変わる。それには歴史的な問題が絡んでいるのだと言い出した。

要は元々その土地に住んでいた部族の人間が、都市開発とともに郊外へと追いやられ、新たに移住してきた住人のことを快く思っていないということらしかった。

実際に盛り場などでのトラブルも絶えないのだという。

「俺達みたいな派手で目の付けられやすいのは、あまり夜の街に出ないほうが良いよ」

長距離バスを降りてバギオ観光をしている間だけでも、その部族の男性を何人も見かけた。不思議と彼らは皆一様に同じ特徴を持っていた。ずんぐりむっくりとした体格で、全身が筋肉質。首が短く太い。全身に入れた独特なタトゥーの図柄がTシャツからはみ出していた。他のフィリピン人とは人種自体が違うようだ。

「あいつら今は山ん中に住んでるんだ。迷信みたいな話も色々聞くよ。寮にも病院送りにされた奴がいるから目を合わせないように気を付けろ」

そうやって脅かされると、もう夜は何処にも出られない。そこでマイクの過ごしている寮で軽食会をすることになった。

まだ学校は休みである。寮生も皆帰省しているのだろう。寮には他に人はいないようだった。ただ、少し年上の寮長は休みの間でも寮に滞在しているとのことだった。

「ちょっと時間が早いけど、もう始めちゃおうか」

寮長には日本から来た友達を紹介するとマイクは言った。

自分達のためには炭酸飲料。寮長のためには冷えたビールを用意してある。

三人で学校のことやダンスのことなどを話していると、外出していた寮長が戻ってきた。

背の高い、がっしりとした体格の男性だった。なかなかのハンサムだ。

「寮長！　もう先に始めちゃいましたよ。この二人が前に話をしてた友達です」

「ユタカです。よろしくお願いします。今晩お世話になります」

「ユタカ、君は日本から来たんだって？　待たせてすまなかった。どうぞよろしく」

低いがよく通る声だった
「そうそう、寮長のためにビールあるんですよビール！」

「お、サンキュー」

マイクがビールをコップになみなみと注いだ。寮長はそれを受け取ると、一気に呷った。太い首から飛び出たのど仏が、ビールを嚥下するごとに上下に動いた。

寮長はコップをテーブルに戻した。だが、意外なことにビールは全く減っていなかった。

三人がどう反応して良いか戸惑っていると、よく通る声で寮長が言った。

「すまないが、部屋から荷物を持ってくるんで失礼するよ。ちょっと待っててくれ」

寮長はこちらに向かって片手を上げると、開けっ放しのドアをくぐり、部屋の外に出ていった。部屋の目前にある階段を駆け上がると、それに合わせて木の軋む音がした。

上階には寮長の部屋がある。暫くするとその方向から引き出しを開けたり、何かを探すような物音がした。続いてギターのチューニングをする音が聞こえてきた。

天井を見上げてマイクが言った。

「寮長はさ、ギターも歌もすげぇ上手なんだぜ。きっと二人に聞かせるつもりなんだ。楽しみにしてな。本当に凄いんだ」

マイクは心底寮長に憧れているのだなとユタカさんは思った。
十二、三分は経っただろうか。上階からの音も静かになり、ギターの音も途切れた。寮長のコップに注がれたビールの泡も消えてしまっていた。
「それにしてもちょっと遅過ぎるね。俺、呼んでくるよ」

マイクは部屋を出て二階へ上がっていった。その直後である。

「ちょっ、二人ともちょっと来て！」

マイクの声が二人を呼んだ。ユタカさんと従兄弟の二人は慌てて階段を駆け上がった。

マイクが廊下の奥で立ち尽くしている。そこが寮長の部屋なのだろう。ドアが開け放たれていた。部屋を覗き込むと、引き出しが乱雑に開けられ、ギターがベッドに無造作に置かれていた。ギターには赤黒い液体が飛び散っていた。血のようだった。

最初ユタカさんは寮長がギターの弦で怪我でもしたのだろうと考えた。しかし、何処にも寮長はいないようだ。他の部屋の寮生に話を訊こうとドアをノックして回ったが、あいにく他の寮生は全員出払っていた。

一階と二階を繋ぐ階段は一つしかない。しかも、その階段の真正面にマイクの部屋がある。寮長が階段を下りてきたらすぐに分かる。

何だこれは。推理小説じゃあるまいし、人が一人消えることなんてあるはずがない。

三人は寮長の部屋の前で色々と推測を言い合ったが、突然階下から男性の声が響いた。

「おーい！　誰かいないか！」

三人が階段を駆け下りると、五十代の見知らぬ男性がエントランスに立っていた。

「どうしたんですか？　何があったんですか？」

「大変だぞ！　一時間ほど前にお前達のとこの寮長が刺されたんだ！」

「え、一時間前って」

寮長と握手をしたのがその頃だ。

男性から詳しく話を訊くと、最初は寮生の一人が例の部族の男性に難癖を付けられていたのだという。そこに寮長が割って入った。暫く揉み合っている内に、男がナイフを抜き、寮生と寮長の二人を続けざまに刺した。刺されたときに寮長は膝から崩れてそのまま動かなくなった。男はそのまま逃げてしまった。

この男性は、救急車が来て二人が病院に連れて行かれたのを見届けて、ここに知らせに来てくれたのだった。

しかし、現状寮には三人しかいない。何かあったらそのように伝えると男性に礼を言って部屋に戻った。

これからは警察の事情聴取なども入るだろう。マイクもショックを受けている。どうも三人で遊んでいるような状況ではなくなってしまった。

ユタカと従兄弟は予定を変更し、翌朝バスに乗ってマニラに帰った。

次の長期休暇に再びマイクが帰ってきた。前回のバギオでのことが話題に上がった。

「あの後、寮長どうした？」

「うん。残念だけど、寮長死んじゃったんだよね」

マイクの顔が歪んだ。

「そっか……。残念だな」

「うん。それでさ、実は寮長が夜な夜な戻ってきてるんだ」

そう言ってマイクは続けた。

寮の門限は九時だ。それを過ぎると鍵を開けなければ建物に入ってこられない。その鍵を何者かが開けて入ってくる。そしてその気配がマイクの部屋の前の階段を上がって二階に向かうのだ。寮の全員がその音を聞いている。寮長の暮らしていたあの部屋は、今は空き部屋になっているが、そこで何かを探す音もするのだ。

「聞こえてくるのは、引き出しを開ける音なんだよ。あのとき俺達も見ただろ？」

確かに引き出しが開けられていた。それは覚えている。

「俺、気が付いたんだ。俺が寮に入った頃にさ、寮長の部屋に呼ばれたことがあったんだ。そのとき寮長が引き出しを開けて、バタフライナイフを自慢げに見せてくれたんだ。お前がトラブルに巻き込まれたときは、俺がこれで助けてやるからなって」

マイクは手を振ってバタフライナイフを開く仕草をした。

寮長はあのとき、トラブルに巻き込まれた寮生を助けようとナイフを取りに戻ったのか。

「最初に巻き込まれた彼は大丈夫？」

「うん。あいつはもう元気になった。でもやっぱり俺、ずっと寮長のことが気になってたからあいつに言ったんだ」

マイクはその彼を呼び出して、こう言ったのだという。

「なあ、毎晩誰かが帰ってきてるのは分かってるよな？　あれさ、やっぱ寮長だよ。お前のことが終わってないから毎晩帰ってくるんだよ。だからさ、寮長の墓に行って挨拶してきてくれよ。大丈夫だから。俺は平気だからって言ってやってくれよ。頼むよ」

それを聞くと、彼は分かったと言って墓参りに出掛けた。

その晩から寮長は帰ってこなくなった。

「それがついこの間のことでさ。寮長はずっと彼のこと、いや、俺達のことも気になってたんだろうなって思うんだよ。最後にギターの音も聞かせてくれたし」

マイクはそう言って寂しそうに笑った。

コップ酒

希美子さんの祖母は都内で小さなアパートを経営していた。

二階建てで1Kの六畳間が合計四部屋。昭和三十年代の後半に建てられた物件である。希美子さんが物心付く頃には随分と老朽化が進んでいた。


長野でオリンピックが開催された年のことである。傘寿を間近に控えた祖母は、以前よりも体調を崩しがちになっていた。既にアパートの管理は母と希美子さんが担当していたが、母はアパートが建っている土地ごと売り払ってしまおうと考えている様子だった。

確かにメンテナンスにも費用が掛かり過ぎる。近隣に銭湯があるとはいえ、風呂なしの古い物件だ。そうなると家賃を上げる訳にもいかない。かといって、今の建物を潰して新たにアパートを建てるだけの資金はない。

そこで、祖母と母が話し合った結果、土地を売るかどうかはともかく、数年の内にはアパートは解体しようと決めた。今後は新たに店子を入れるのは止め、物件もノーメンテナンスで済ませるということになった。今の店子には事情を説明し、引っ越し費用を大家の側で補助するということで了解を取り付けた。

半年もしない内に、長年住んでいた人も一人二人とアパートから引っ越していった。

希美子さんがアパートの様子を見に行くと、人が出た部屋の郵便受けには粘着テープが貼られ、電力メーターの設置されている壁には、抜かれた赤黒のケーブルがぶら下がっていた。


最後までアパートに居座っていたのは三木さんという老婆だった。祖母の古くからの知り合いで、何処にも行く場所がないということで格安の家賃で住まわせていたのである。

引っ越し費用をこちらで持つと言っても、彼女はなかなか出ていくそぶりを見せなかった。引っ越せば家賃が上がってしまうので、他の所に移り住むことができないのだろう。母はいつも文句を言っていた。

結局三木さんが出たのはそれから五年ほど経ってからのことだった。その間に、希美子さんの祖母は鬼籍に入っていた。

もはや三木さんをアパートに住まわせている義理もなかったが、祖母は最後まで彼女のことを気にしていた。

彼女が退出する日の立ち会いは、希美子さんが単身で行うつもりだった。しかし当日、母も同席すると言い、二人で見送ることにした。

老婆はこれから施設に入るのだと言って、小さな包みを抱えて去っていった。


三木さんの姿が見えなくなると、母は大きく溜め息を吐いた。

「やっとあの人出たね」

母が三木さんを何故そんなに毛嫌いするのかはよく分からなかったが、希美子さんも肩の荷が下りて、ほっとしたのは確かだった。

「あのね、一つおばあちゃんから言われてることがあるの」

誰も住む人がいなくなり、がらんとしたアパートの部屋で母が言った。

三木さんが部屋を出たら、その日の内に必ずしなくてはならないことがあると、祖母は母に言い遺していたのだという。

「今日、コップとお酒を持ってきたのよ。部屋を閉じ切って、そのコップにお酒を注いで。コップは部屋の真ん中に置いて。畳の上に直でいいわ」

希美子さんは母親の言う通りにコップの七分目まで清酒を注ぐと、畳の上に置いた。

何の儀式だろう。こんなことは初めてだ。

「明日また来るわよ」

そして二人は部屋に鍵を掛けて家に帰った。

翌日、母娘は再びアパートの部屋を訪れた。

——あ。

希美子さんは畳の上に置かれたコップを見て声を漏らした。清酒の入っていたコップの縁まで蝿や羽虫、ゴキブリや見たことのない甲虫がぎっしり入り込んでいた。

清酒に浸かった虫は、皆ぴくりとも動かない。全て事切れていた。

「もう一杯、昨日と同じようにして置いていくわよ」

母親に言われるまま、希美子さんは昨日と同じように、清酒をコップに注いだ。そのコップを虫で一杯になったコップの隣に置いた。

二人は無言で部屋を後にした。

翌日、また翌日、訪れるたびにコップにはぎっしりと虫が詰まって死んでいた。何処からこんなに虫が湧くのか分からなかった。窓もドアも閉めきっているのだ。

毎日新しい酒をコップに入れて置いていく。

四日目のコップには、大きなゴキブリがぎっちり入り込んでいた。

五日目。ドアを開けると、部屋の中央で巨大な藍色の蛇が、胴体を捩くれさせたまま固まったようになって死んでいた。

それを見た母は、深い深い溜め息を吐いて言った。

「これで大丈夫。もうこのアパートを壊しても、うちに変なものは来ないわ」

アパートの建っていた土地はそれからすぐに更地になり、今は狭い三階建ての家が二軒並んで建っている。

迎え

義父が亡くなったときの話。

妻の実家は海に面した僅かな平地にへばりつく小さな漁師町で、その三方を連なる山々に囲まれている。

道路が整備され、町の外と容易に行き来することができるようになったとはいえ、閉鎖的だった頃の名残なのか、この地域独特の風習や決まり事があった。それは弔事も例外ではない。

当時はまだ土葬だったから棺は普通の寝棺ではなく、大樽に座った状態の遺体を納める座棺。それを親族の婿達、つまり一族とは直接血の繋がりがない男衆で山の斜面にある墓地まで運ぶ。

息子や孫はもちろんのこと、たとえどんなに血の繋がりが薄くても一族の血縁は棺の運び手になってはいけない。

最期の送り手が直系の血縁者ではなく何故外からの婿衆なのか、その理由までは分からない。

担ぎ棒にしっかり固定された大樽を義兄や義弟その他の婿衆数人で担いだ。樽の後ろ側を担いで墓の入り口辺りに来たとき、急にガクンと前に傾いた。

よろけて体勢を崩す。支えを失った大樽の底が地面を打った。どうにか担ぎ棒の下から這い出して唖然とした。

義兄や義弟が見当たらない。他の婿衆の姿もなかった。

とりあえず大樽を確認する。結構な衝撃があったはずだが、樽は無事のようだ。

それにしても義兄達は何処へ行ったのか。捜そうにも流石に義父の遺体をこのままにしてもおけず、樽の周りを所在なくうろうろと歩き回った。

——チィイ……ン、チィイ……ン。

お鈴（りん）のような音が頂上のほうから近付いてくる。

もしかして、自分に知らされていない儀式だろうか。だから義兄達の姿が見えないのかもしれない。そう思い当たって、脇の木の後ろに身を隠した。

木陰から窺っていると、ほどなく人影が見えた。五、六人はいただろうか。真っ白い水干を身に着け、顔には和紙を貼り付けていた。

それぞれに柄杓（ひしゃく）を持ち、小さな白木の樽を抱えている。

義父の棺を取り囲むように立ち、ぱしゃり、ぱしゃりと棺に向かって抱えた白木樽の中身を柄杓で掬って掛けた。

途端、むせ返るような酒の匂い。くらりと酔ったように視界が揺れ、酷い眠気が襲ってくる。

堪らずその場に横になった。

「おい、おい大丈夫か」

肩を揺すぶられて目を開ける。心配そうに覗き込む義兄の顔がそこにあった。

「死んだかと思ったぞ」

義兄は水干の一団が下りてくるのが見えて、慌てて隠れたのだという。

「そういえば、お前には言ってなかったと気付いたが、えびすさまはもうそこまで来とったでな。声が出せんかった」

この地域の出身ではなく、居住しているのもここではない自分だけが、義兄の言う「えびすさま」を知らなかった。本当に無事で良かったと安堵の息を漏らした義兄のことだ、他意があった訳ではなく単純に言い忘れていただけなのだろう。

その義兄も十年前に亡くなった。

お鈴の音がして姿が見えるまで気配も足音もなかったアレを、何故いち早く義兄が気付いたのかは分からないままだ。

お屠蘇

愛奈さんは七年前の春に結婚し、樋口という姓に変わった。
嫁いだ先は、とある山深い地方の名家である。
一生働かなくても贅沢な暮らしが営める一族であった。
付き合い始めた当初、夫の利治さんは自分の家について何も言わなかった。
求婚された日に初めて知ったのだという。
愛奈さんの父親は中小企業のサラリーマンである。
貧乏ではないが、裕福でもない。自分には不釣り合い過ぎる。
そう正直に告げると、利治さんは真っ直ぐに愛奈さんを見据えてこう言った。
「君と結婚できるなら家を捨てる」
そうまで言われ、愛奈さんは覚悟を決めた。
いざ両親に会って、その覚悟は空振りに終わった。
息子の選んだ人に間違いはないと大賛成してくれたのだ。
翌年、愛奈さんは無事に男の子を出産した。

跡取り息子を産んだという実績は計り知れないものがあり、愛奈さんは正月に帰省するたび、手厚い歓待を受けたそうだ。

智哉と名付けられ、何不自由なく育った息子に五回目の誕生日が訪れた。

利治さんの実家では、五歳になった子供は特別な儀式を迎えるという。

と言っても、大袈裟なものではない。

単にお屠蘇(とそ)を飲ませるだけである。その子のためにだけ用意された特別なお屠蘇らしい。

だが、お屠蘇とはいえ酒には違いない。五歳の子供に飲ませても大丈夫なのかと心配する愛奈さんに向かって、利治さんは優しく微笑んだ。

「甘くした水みたいなもんだよ。それで唇を濡らすんだ」

そう言われ一旦安心した愛奈さんだったが、念のために人目を盗んで味見を試みた。

正月の儀式とやらで、全員、神社に向かっている。

そういう決まり事らしく、愛奈さんと智哉君だけが居間に取り残されていたのだ。

白磁の徳利(とっくり)をそっと傾け、小指を差し入れる。舐めてみて驚いた。

甘くした水などとんでもない。明らかに酒である。何かしら香辛料が入っているらしく、舌に嫌な刺激が残った。

こんなものを飲ませる訳にはいかない。愛奈さんは中身を水に入れ替えた。

これで一安心と胸を撫で下ろす。

ほどなくして皆が戻り、宴が始まった。今日の主客である智哉君は、愛奈さん共々上座に据えられた。

この宴にとって、五という数字はよほど大切なものらしい。

床の間の掛け軸には墨痕鮮やかに五と書かれている。智哉君の前には器が五つ、何故か箸も五本置かれていた。

宴はつつがなく進み、下座にいた老人が例のお屠蘇を恭しく掲げて近付いてきた。

朗々と謡うように「それでは屠蘇の儀をとりおこなう」と宣言する。

一同が一斉に平伏するのを智哉君は目を丸くして見ている。

老人は、何やら奇妙な祝詞を口ずさみながら、徳利の中身を静かに盃に注いだ。

「さあ、これをその子に飲ませなさい」

愛奈さんは、渡された盃を智哉君の唇に触れさせた。

「それではならん。全部飲ませんか」

全部飲ませるって何よ。唇を濡らすだけとか言ってたじゃない。

怒りを込めた抗議の視線を利治さんに向けたが、本人は素知らぬ顔である。

愛奈さんは、水に入れ替えておいて正解だったと心底思ったそうだ。

智哉君は喉が渇いていたらしく、盃を一気に飲み干した。

固唾(かたず)を飲んで見守っていた一同が歓声を上げた。

数秒後、その歓声は怒号に変わった。

水と入れ替えたのがバレたのだ。癖の強い酒であるため、飲ませた瞬間の反応は常に同じなのだろう。

少なくとも、智哉君のように笑ったりはしない。

先ほどの老人が徳利を傾け、中身を確認した。

「水。水ではないか。女、貴様がやったのか」

意外なほど静かな口調で老人は愛奈さんを見下ろした。

その場にいた全員が何とも言えない顔で凝視してくる。

愛奈さんは利治さんに救いを求めた。

だが、利治さんは絶望を貼り付けた顔で天井を睨みつけ、微動だにしない。

義母は声を上げて泣き始め、義父も智哉君を見つめて静かに涙を流している。

ようやく利治さんが口を開いた。

「どうかしてるな、お前」

愛奈さんは耐え切れず、その場にいた全員に向けて怒鳴った。

「何なのよ。子供に酒飲ませるなんて、そっちのほうがどうかしてるわよっ！　飲まなきゃどうだっていうのよ」

返ってくるのは沈黙だけである。利治さんが進み出て、いきなり全員に向けて土下座をした。

「本当に申し訳ございません。皆様に御迷惑はお掛けしませんので」

皆が憐れみを浮かべた顔で利治さんと智哉君を見比べ、黙ったまま出ていった。

広間に残されたのは、三人だけである。

利治さんは、これまでに見せたことのない冷酷な目で愛奈さんを睨みつけながら、お屠蘇を飲ませる理由を話し出した。


由縁は分からない。いつから始めたことか定かではない。

樋口家の男児は五歳の正月に、強い酒を飲ませなければならない。

そうしなければ鬼が来る。そもそも、お屠蘇の屠は殺す、蘇は鬼を意味するという。

鬼は五年掛けて、その子から五つのものを奪っていく。もしもそうなれば、一族全てに災いが降りかかってしまう。

それを避けるため、生まれた日に酒を用意して五年もの間、毎日祈りを捧げる。

できあがった酒が、鬼から逃れられる唯一の手段である。

「お前は全て無駄にしてしまった。これでもう、智哉は一族には入れない」

愛奈さんと智哉君は、その日の内に帰らされた。

翌日、速達で届けられたのは離婚届のコピーであった。二人分の印が捺されている。

当然、法律違反である。けれども、市役所は一旦受理した離婚届を訂正も調査もしてくれない。

裁判所の調停を受ける必要があるのだが、利治さんは交渉どころか連絡すら付かなくなった。

実家を訪ねても、村人達が無言で盾になり、敷地に近付くことすらできない。

智哉君が会いたがっていると伝えたが、それすら無視である。

一応、今でも毎月の生活費は送られてくるそうだ。

六歳の誕生日が近付くにつれ、智哉君は妙なことを口走るようになったという。

「凄く大きな黒い影を見たよ」

「昨日は公園にいた」

「今日は屋根の上にいた」

この話を聞いた時点では、智哉君には何も起こっていなかった。
五年を掛けて奪っていく五つのものとは何か。愛奈さんは必死で考えていた。
今回、無事かどうか知りたくて連絡を試みたのだが、一向に返事がない。
人づてに聞いたところによると、入院中の智哉君に付きっきりとのことである。
突然、耳が聞こえなくなったらしい。

トマト

　サラリーマン三年目の西島君が体験した話だ。

　ある日、会社に行くと西島君の先輩である佐藤さんが、突然、会社を辞めることになったという。

　理由は分からないがプライベートで何か大きなトラブルを起こしたという噂だった。

　酒を飲むと少々粗暴になるのを除けば、新入社員の頃からずっと助けてもらった頼り甲斐のある先輩だっただけに、西島君にとってはとても残念で大きな損失だった。

「これやるよ、俺はもう使わないから。お前、確か持ってなかったよな？」

　佐藤先輩は会社を去る際、西島君に最新のビデオカメラとそれ専用の三脚をくれた。

「いいのですか？　まだ殆ど新品でしたよね」

　西島君が思わぬプレゼントに驚いていると、先輩は力なく笑いながら「俺はもう二度と使わないから」と言った。

　そして先輩は送別会もやらず、まるで逃げるかのように会社を去っていった。

　先輩がいなくなったのは寂しかったが、以前から欲しかったビデオカメラがタダで手に入ったのは、西島君にとっては棚から牡丹餅。

西島君は先輩から貰ったビデオカメラで、早速色々なものを撮影した。

と言っても撮った動画を編集したり、ネット上に投稿しようという明確な目的はなく、殆どが行き当たりばったりで気にいった物や風景などを撮影するだけだった。

そしてある夜、撮りまくった動画を整理するためにパソコンの前に座っていた。

動画フォルダの中から、西島君の彼女とその飼い犬が河原の土手で戯れているところを撮影したファイルを開いた。

時間にして五分弱の動画、三脚があるおかげで最後は西島君も加わって彼女や犬とじゃれあって終わっている、そんな内容のはずだった。

「あれ、この動画こんなに長かったか？」

西島君や彼女と犬が画面外へ消えても動画は続いていた。

録画時間を示す数字も五分を過ぎている。

その間も、ビデオカメラは誰もいない土手を写し続けていた。

西島君が訝しんでパソコンのモニターを凝視していると、動画の画面右上部にいきなり見知らぬ女性が現れた。

女性は西島君や彼女達が遊んでいた場所とは十数メートルは離れた場所に、身体の右側面を見せる形で立っていた。

薄い水色のカーディガンを着た髪の毛の長い、スカート姿の女性だった。

西島君の彼女とは髪形も服装も全く違い、映っている女性の全体像自体が小さいので顔は、はっきりと確認できない。

動画を拡大してもっとはっきりと女性の顔を見てみようとしたとき、不意に動画右上部の画面外から手が伸びてきて、女性の顔面を拳で殴りつけた。

続けて画面外から現れた二本のたくましい腕が、容赦なく女性の顔を殴打する。

殴っている人物は恐らく男であろうが、二本の腕以外は顔も身体も現さない。

女性はなすがままに殴られていたが、とうとう耐えられなくなったのか地面に大の字になって倒れこんだ。

西島君はその異常な状況に、動画を拡大することも忘れて画面に見入っていた。

やがて女性は立ち上がると、ふらふらと土手を彷徨い始めた。

頭をブランブラン振り、腕をブラブラさせ、歩き方は泥酔した人間のように不安定で千鳥足、何だか前衛的な舞踏に見えなくもなかった。

「あれだけ殴られたらきっとマトモじゃいられない。この女、よく死なずに立って歩けるな……」

そんなことを考えているうち、動画内の泥酔ダンスの女は徐々にカメラのほう、つまり西島君のほうに近付いてくることに気が付いた。

身体を大きく揺らしながら、ゆっくりと、ゆっくりと、でも確実にこちらに。

女の顔は何故か白い仮面のような靄が掛かっており、顔立ちをきちんと確認することができなかった。

その時点で気味が悪くなった西島君は、動画を閉じてすぐに削除した。

しかし、気になって確認すると他の動画にもその女は映っていた。

特に一番はっきりと映っていたのは、友人達とバーベキューをしている風景を、同じく三脚を使用してダラダラと撮影している動画である。ふざけながら談笑する西島君達の数メートル後ろで、女はやはり画面外から伸びた腕に殴られ、その後彼らのすぐ後ろで不気味な泥酔ダンスを踊っていたのだ。

西島君は多少アルコールが入っているとはいえ、バーベキューのときの状況ははっきりと覚えており、あんな女が近くにいてふらついていたら、彼も友人達も絶対に気付いていたはずだと思った。

その動画の女も顔には仮面のような靄が掛かっていて顔をよく見ることはできない。

「コイツ、何でわざわざ俺の動画に映り込んでくるんだよ……」

だが、西島君は女の泥酔ダンスを見る内に、怖さや不気味さの他、どうしてだか分からないが何とも言えぬ憐れみを感じるようになった。

何かを必死で西島君に訴えているようだった。

西島君は動画を全て削除すると、きっとこのビデオカメラに何か原因があるに違いないと考えた。

幾ら可愛がってくれていたとはいえ、高価な最新ビデオカメラを簡単に手放すなんておかしい。先輩はあの女のことを何か知っているに違いない。

そう考えた西島君は、携帯で連絡を取ろうと思った。

すると、突然部屋の空気が変わった。

強いアルコール臭が西島君の部屋の中に漂い始めた。

更にアルコール臭に交じって、鉄臭い血の臭いも西島君の鼻を大いに刺激した。

気分が悪くなったのを我慢しながら、西島君は先輩に電話を掛けた。

先輩はすぐ電話に出た。

しかし、電話から聞こえてきたのは先輩の声ではなく、もっと年配の男性の物だった。

「西島さんか？　酒と女には気を付けろ、息子みたいになるな」

電話先の男性はそれだけ言って一方的に電話を切った。

「息子？　何で先輩のお父さんが？　どちらにしてもおかしなカメラよこしやがって」

その後、何度掛け直しても先輩の電話はずっと話中だった。

アルコールと血が混ざった臭いはいつの間にか消えていた。


翌日、気分の晴れないまま出社した西島君は仕事で小さなミスを繰り返した。

そんな西島君の様子を見た上司は、彼の顔色があまりにも酷く青ざめているのに気が付き、早退するように命じた。

「佐藤が突然いなくなって大変だろうけど、お前もそろそろ下の者達に教える立場になるのだからな、頑張れ！」

そう言って上司は励ましてくれたが、西島君の頭の中は〈あのビデオカメラを早く処分しなければならない〉という焦燥感だけで一杯だった。

西島君はアパートに戻ると、すぐさまビデオカメラを箱に入れて中古家電買い取り店に売りに行こうとした。

するとまた血の臭いの混ざったアルコール臭が部屋の中を漂い始めた。

昨日とは段違いに強い臭いだったので、西島君は堪らず台所で嘔吐した。

「ダメだ、明日会社休んで、体調が落ち着いたら売りに行こう」

西島君はベッドに大の字で倒れこんだ。
臭いのせいで頭がガンガンする。
「ビデオ貰っただけなのに、何でこんな目に……。先輩、何をやったんだよ？」
そのとき、西島君はベッドの足元に気配を感じた。
恐る恐る上半身を起こすと、彼は絶叫した。
動画に映り込んでいた泥酔女が足元に立っていて、彼を見下ろしていた。
見下ろすと言っても女の顔は相変わらず白い靄の仮面に覆われていたので、西島君には
そのように見えただけだったが。
自分の部屋にいつの間にか侵入した見知らぬ女が間近に立っているという恐怖に、西島
君の心臓は縮み上がり、全身が震えて目からは勝手に涙がボロボロ零れてきた。
女はそんな西島君をよそにまた、頭をブランブラン、両手をフラフラ、足をもつれさせ
ながら泥酔ダンスを踊り始めた。
「お前、何者なんだよ!?」
西島君は勇気を振り絞って女に向かって叫んだ。
しかし女は何も答えず、部屋の中を千鳥足で彷徨い続ける。
「顔、何で隠している？　見せられないほどブスなのか」

ヤケになった西島君は女を挑発するようなことを言ってみた。

すると女の動きが止まった。

同時に女の右側の空間から逞しい腕が飛び出てきて女の顔面を拳で殴りつけた。

女は消え、部屋に漂っていた異臭も消え失せた。

西島君は女が殴られた瞬間、白い仮面が消えて彼女の顔を見ることができた。

西島君に言わせると「内部から煮え立つ焼きトマトに、乱暴にスプーンやらフォークをブッ刺してグジャグジャにした」みたいな顔面だったという。

「先輩、女の顔をあんなになるまで殴っちゃいけないぜ……」

西島君は、空間から突然現れて女を殴った腕の手首に、佐藤先輩愛用の腕時計がはめられていたことを見逃さなかった。

ビデオカメラを売った後、西島君は先輩が何らかの罪で服役中という噂を聞いた。

金庫

数年前の春、大岩さんが自宅の大掃除をしていたときの話だ。

長いこと物置と化していた彼の亡くなった父親の書斎を整理していると、部屋の隅っこにひっそりと置かれている金庫を発見した。

「あれ、家にこんな金庫あったかかな？」

大岩さんは四十年以上この実家に住んでいたが、こんな金庫を目にするのは今回が初めてだった。

数十センチ四方のそれほど大きくないダイヤル式の金庫で鍵穴もあるタイプだが、かなり頑丈な作りで持ち上げようとするとズシリと重く、鍵は掛かったままだった。

自分の母親や二十年近く前に嫁いできた奥さんに金庫について訊ねたが、二人とも全く心当たりがないという。

「何が入っているのやら……」

一番気になるのは金庫の中身だが、ダイヤルの番号はもちろん分からないし、書斎をあれこれと探してみてもそれの鍵らしきものも見つからない。

そうこうしている内に、大岩さんと旧知の仲である近所の高木さんが大掃除の手伝いに来てくれた。

「何だ、小判の詰まった金庫でも発見したのか?」

金庫の前で腕組みをしている大岩さんを、高木さんがからかった。

「うーん、そうだったら嬉しいけどな」

大岩さんは長い間、誰にも気付かれずに眠っていた正体不明の開かずの金庫について、高木さんに説明した。

「そいつはますます中身が見たくなるな。よし、俺に心当たりがある」

そう言って高木さんは大岩さんの家を飛び出すと、何処かに出掛けていった。

暫くすると高木さんは、仁次郎さんという〈開けられなくなった金庫の開錠にかけては右に出る者はいない〉と評判の初老の男性を連れてきた。

仁次郎さんは作務衣(さむえ)を着て、頭に捻り鉢巻きをした体格のいい男性で、その身なりから金庫破りよりも陶芸家のほうが似合っているのじゃないかと大岩さんは思った。

「仁さん、この金庫だ。頼むぜ」

高木さんはまるで自分の金庫みたいな言い方で仁さんに金庫破りを依頼した。

家にやってきてから挨拶もせずにずっとムスッとした顔をしていた仁さんだったが、大岩さんの金庫を見るなり、パッと表情が明るくなった。

「こいつは……こいつは俺にしか開けられない。任せておけ」

仁さんは胸を張ってそう言うなり、自前の道具箱を広げてすぐに金庫の鍵を開錠する作業に取り掛かった。

大岩さんと高木さんは仁さんの後ろに立ったまま、固唾を呑んでその作業姿を見守っていた。

ガチャン！　と金庫の内部から大きな金属音が聞こえた。

「開いたぞ」と仁さんが嬉しそうに言った。

鍵が開くまで物の数分も掛からなかった。

大岩さんは少々拍子抜けしたものの、早く金庫の扉を開けてみたかった。

仁さんが金庫の扉を開き、その中に保管されていた物を見た大岩さんと高木さんは、暫し呆然となった。

徳利が一本とお猪口（ちょこ）が一つ、金庫の中にはそれだけしかなかった。

徳利もお猪口も見た目だけでは、全く価値のない何処にでもあるような品物だった。

「さもいわくありげで頑丈な金庫に徳利とお猪口だけ。とんだお宝だなぁ～」

高木さんがその場に座り込んで力なく笑った。

「まあ、お宝なんてそうそう見つからないもんだ」

大岩さんも、もしかしたらと期待していた自分に呆れながら金庫内の徳利に手を伸ばそうとした。

すると大岩さんの手首を仁さんが掴んだ。

「仁次郎さんだっけ？　どういうつもりだい」

大岩さんが少し声を荒らげて言うと、仁さんは大岩さんの手首を離し、代わりに徳利を手に取って大岩さんの鼻先に突きつけた。

その瞬間、何とも言えないまろやかで良い香りが大岩さんの鼻孔をくすぐった。

徳利の中には日本酒が入っていたのだ。

香りだけでもこんなに大岩さんを虜にするのだから、味のほうもさぞかし素晴らしい日本酒に違いない。

高木さんもその香りを嗅ぐと、まるで天国にでも昇ったかのように、気持ちよさそうに目をトロンとさせた。

ちょうどお猪口もある、大岩さんと高木さんはこの日本酒がどれだけ長い間、金庫の中で封もされずに保管されていたかも忘れて、飲もう飲もうと騒いだ。

二人は完全に徳利の酒に取り憑かれていた。

「いんや、お前らにはやらん。俺がどれだけ長いことこの酒を探し求めていたことか」

仁さんはいきなりそんなことを言い出し、二人に意地の悪い笑みを見せると徳利とお猪口を懐に抱え込んだ。

「何を言っているんだ。その金庫は、いやその酒は私の家にあったんだ。所有権は私にある。金庫を開けてくれた代金は弾むからその酒を返せ！」

大岩さんが仁さんの懐に手を伸ばそうとすると、ガチャン！　と、とてつもなく大きな金属音が辺りに響き、驚いた大岩さんと高木さんは両耳を手で塞ぎ、目を瞑った。

二人が目を開けると仁さんは消え、金庫は閉じていた。

大岩さんと高木さんは慌てて金庫を開けようとしたが、無駄だった。

「ありがとよ、お二人さん」

金庫の中から、仁さんの馬鹿にしたような笑い声が響いてきた。

大岩さんが高木さんに、「あの仁次郎という人物は何処から呼んできた？」と訊ねると、高木さんは頭を掻きながら「それが今となっては、俺もよく覚えていないんだ。どうしてあんな男を知っていたのか……」と曖昧なことを呟いた。

しかし、二人は仁次郎の正体よりも、あの酒の味のほうが気になり、飲めなかったことをとても悔しがった。

その後、様々な業者に金庫を開錠してもらおうと試みたが全て無駄だった。

大岩さんは今でも、せめてあの日本酒の匂いだけでも再び嗅ぐことができないものかと、たまに金庫に顔を近付けてみることがあるという。

ハプニング

「こっちの男はさ、何ていうか、遊び方を知らないんだよね。紳士じゃない。碌に話もできないで、ハプバーに来ればヤれると思ってる。そうじゃあねえんだよ」

小渕さんはこれではいけない、と思ったのだそうだ。

大袈裟にいうと、東京の無粋な男どもを教育するような気持ちで、彼は敢えてアウェイに店を構えた。

元々、業界に伝手やコネがあった訳ではない。前職は地方の会社員だ。かねてよりハプニングバーの愛好家であり、主に関西を中心によく出入りしていた。

「ハプバーって言って通じるかな。特殊なんだよ。バーなんだけど、中で仲良くなったら、ちょっとエッチなことも、あるかもよ？　ってさ」

それが東京の店に出入りするようになって、彼は前述のように一念発起して自分の店を持つに至った。

倉庫ばかりの閑散とした一画に、看板も出さずにその店はある。飲み屋をやるには不向きな立地ではないのだろうか。

「いいんだよ。ハプバーにとっての一番の敵は、悪い客だ。知らないでフラッと来られても困るからね。それと、テナント料が安かったし」

一見さんお断りの会員制バーは珍しくない。それと比べてもこのバーはずっと機密性が高い。入場料も高く、ドレスコードもある。入店後のルールは更に多い。

その雑居ビルは一フロアに一室のみだ。営業中、他階のテナントは閉まっている。

店はこぢんまりとしていた。入ってすぐ正面にカウンターがあり、左右には小さなテーブル席が二、三並ぶ。

奥には簡易シャワールームやクローク、サロンがある。その向かいの仕切りの奥には、目の届かないスペース——通称・プレイルームがある。

その中で何が行われているか、表向き小渕さんは知らないことになっている。

「ああ、ホントの最初は——思い起こせば、そうだな、開業前だな。業者入れてるときにさ」

この物件は、かつて人形か何かの問屋だった。安かったが、改装には退職金と貯金を大方突っ込んだ。

改装作業中、彼が業者に立ち会っていたときのことだ。

「室内でいきなり、〈ドーン〉って凄い音がして、俺も業者も『おおっ、地震だ』ってなったんだよ。そしたら」

地震だ！　と身構えたが――揺れは来ない。

どう考えても直下型なのに、と周囲に神経を張り巡らせていると、天井、床、壁という壁がざわざわし始めた。

「ざわざわというかね、ガヤガヤという感じかな。それが、ガーッと、全方位からね」

言語化しづらいが、声というよりノイズ、ノイズというよりも圧、空気のざわめきだった。

作業中だったこともあり、小渕さんは機械か何かのトラブルかと思ったのだが――。

「実際、そう思ったんだけども、業者のほうがびっくりしてたからさ」

機械といっても、壁紙を捲いたローラーは手動で、誰も手を触れてはいなかった。電動のものはフロアファンと掃除機くらいで、これらにも異常はなかった。

奇妙なざわめきの収まった後、業者らは首を傾げつつ落ち着きなく作業を続けた。

原因は不明だった。


開業してからも、数度そのようなことはあった。

「お客が一人もいないときは、俺一人だからね。そのうち、段々パターンが掴めてきたんだ」

一人でいると、静けさの中で〈さやさやさや……〉と小さなざわめきが起きる。

そのままジッと耳を澄ませていると、それで収まるのだそうだ。

一方、お客と話をしていたりなど集中を切らしていると、さやさやというざわめきは次第に大きくなってゆく。

それに気付いてしまうと、一人でいるときよりもお客がいるほうが怖い気がしてくる。


開業から一年近く経った頃のことだ。

店は軌道に乗っていた。常連と呼べる人も増えた。

小渕さんの店では女性客の入場料が大分安い。女性からすると居酒屋程度の料金で、殆どの酒が飲み放題となる。このため、店内に女性のみという状況がままあった。

このときもそうで、店内には女性が一人、カウンター向かいに座って酒を飲んでいた。

そのうちに、女性が「変な音がする」と言い出した。

「またアレか」と思った小渕さんは意識を周囲に配ったが、何の異変も感じられない。

「何だい、何もないよ」

「何だろう、壁の向こう？　あれ、でもこのビル一階に一部屋だよね。上かな――」

少しキョロキョロして、女性はハッと笑顔を凍らせた。

「――歌だ」

「歌。誰？」

「誰っていうか――童謡みたいな？　聞いたことないけど、何だろう」

小渕さんには何も聞こえない。

そういうこともあるか、と思っていると、コロコロと軽い音が響いた。

〈コロロロロ――コッツ〉

何かが、壁にぶつかった。反射的にその方向を見る。

カウンターの死角から飛び出て、壁にぶつかったそれは、小さな小さな鞠だった。

女性客は「鞠だ」と呟いた。

美しい刺繍をあしらった赤い布を、黄色い糸で縫い合わせたものである。

何故鞠が、と思う間もなく、女性が短く叫んだ。

「赤ちゃんがいる！」

こんなところにいる訳がない、ハプバーに赤ちゃんはまずいよ、などと小渕さんの思考は停止していた。

「ほら、そこ！」

女性が指差すので、小渕さんはカウンター越しに身を乗り出して指先の示すほうを見た。

小さな、白い手が鞠を追うようにして、ちょいちょいと覗いている。カウンターと奥の壁の間からだ。

本当だ、と声に出ていたかどうかは定かではないが――反射的に彼はカウンターの内側を移動して、赤ん坊を上から確認しようとしたが――。

〈ゴッ〉

重い音が響いて目の前に星が舞った。咄嗟のことで彼は失念していたが、カウンターと壁の隙間は、拳一つ分ほどしかない。ケーブル類を取り回すだけの空間だ。

目眩から立ち直った彼は、念のためカウンター横の隙間と、壁の向こうにあるクロークやシャワールームなども確認したのだが、もちろん赤ん坊などは何処にもいなかった。

小さな鞠も何処かへ行ってしまった。

それにしても――客の前にまで、はっきりとした異常が現れてしまった。もう怖いなどとは言っていられない。

「いや実際、これは困るよ。人間なら、迷惑な奴でも出禁にすりゃいいんだから。でもこれは『出てってくれ、もう来ないでくれ』って訳にいかない」

しかし状況は緩やかに、だが確実に悪くなっていった。

ジジイと呼ばれる常連客がいた。

質の良い男性客を数名連れてきた六十過ぎの人物で、恐らくは何処かの会社の役員と思われた。

小渕さんの店では遊びたい男性は入店後すぐシャワーを浴び、備え付けのバスローブかパジャマに着替えるのが推奨されていた。

ジジイは一度も着替えたことがなく、ずっとワイシャツ姿で、酒を片手に、奥の仕切りの向こうを覗き込んでいた。

半ばジジイのためだけに、仕切りに覗き窓を付けたり、その対面にソファーとテーブルを設えたりもした。二人用の対面席に挟まれた小さなテーブルとは異なり、こちらはサロンとも呼べる形になった。

とりわけ、覗き窓は他の客にも非常にウケが良かった。

そのジジイが不機嫌そうに、サロンから戻ってきた。

サロンに行ってソファーに座ったばかりだったたし、手にしたグラスの中身も殆ど減っていない。

そのグラスを乱暴にカウンターに置くと、「ヘイ、マスター」と呼んだ。

ヘイってのは何だよ、と小渕さんがそちらへ行くと、ジジイは「ちょっとこれ飲んでみろよ」と迫る。

「今仕事中なんで」とお決まりの回答で断ると、「そうじゃねぇよ。一口、味確かめてみろって言ってんだよ」とジジイは食い下がった。

一口飲んで、ブフォッと吹き出した。

例えると、絞った雑巾の汁に、アルコールを入れて殺菌を試みたかのようだった。

「す、すいません。すぐ替えます」

流石に青くなる。

グラスの洗浄が足りなかったのだろうか——とグラスを取り出し、一度念入りに洗う。

水を入れて表面に泡がないことを確かめる。真新しい布巾を出して軽く拭いた。匂いも問題ない。製氷器からの氷でグラスを満たし、焼酎と新しいミネラルウォーターを入れて数回混ぜる。最後にレモンを加えて完成であるが、レモンを入れる前にジジイが「それでいいよ」と言って手を出した。

グラスを置くと、ジジイはそれをスッと口に含んで、またグラスに吐き戻した。

「ダメだこりゃ。同じじゃねえか」

小渕さんはそんな馬鹿なと思ったが、ここは平謝りだ。

試しに氷を一個口に入れてみたが問題はない。

続いて焼酎をボトルから少量コップに移して口に含むと、酷い味がした。

更に他の焼酎を試してみるが、これも駄目になっていた。

焼酎以外はどうだろうか。ウォッカベースの酎ハイにしてはどうか。だがこれも同じように、腐っていた。焼酎もウォッカも、さっきまでは何の問題もなかったはずだ。

最後に出した酒はウイスキーだ。ウイスキーを試すと、問題はなかった。

「ウイスキーでいい？」と訊ねるとジジイは「早くできる奴でいいよ」と明らかに苛立っている。

飲み放題に含まれていない、ハイクラスの国産ウイスキーを水で割った。

ジジイはやや恐る恐る、それを口に含む。

――若干の間を置いて、ジジイは「美味い」と驚いた。

本当にこれはウイスキーなのかというので、ボトルを見せると、ジジイは首を傾げた。

「俺っちな、ウイスキー好かないんだよ。これも飲んだことあるけど、何がいいんだか……。でもこりゃ――何だ、紹興酒でも入れた？」

雑巾の絞り汁を飲み過ぎたせいで、お互い鼻が馬鹿になっている可能性はある。

それでも、一口味見した小渕さんも驚いた。

ジジイが紹興酒と言ったのも頷ける。それくらいの華やかさが、燻んだ深い香りの奥に横たわっている。

「何だろうね、ホントに美味い」とマスターが頷くと「何だろうね、じゃあねえよ」とジジイは笑ってサロンに戻った。

小渕さんは酒を全てテイスティングしたところ、カウンター内側のキャビネットに入れていた酒は全滅していた。

冷蔵庫に入れていたビールと、別の場所に置いていた果実酒は問題なかった。

ウイスキー類だけは、駄目になるどころか何故か数段上等になっていた。

この日は安いウイスキーとビール、ソフトドリンクだけでどうにか乗り切った。

閉店後、改めて被害の大きさを把握した小渕さんは震えた。大損害である。

特に日本酒は酷く、雑巾を酢で煮込んだようになっていた。

幸い、色んな酒が次から次へと出るような店ではない。常連の好む酒と、ビールがあれば暫く回せる。


銘柄も分量も細かく計算し直して、必要十分な数だけを発注する。

「……けども、それが続いたのよ……」

仕入れの際、思わず納入業者に相談しようと思うのだが、彼はこれを毎回我慢する。

「おたくの酒、すぐ腐るんだけど」などと言われていい気のする業者などいない。しかも小さなバーの経営は、ちょっとした情報戦だ。客が他所の店で言う分にはともかく、業者に妙なことを吹聴されるのは悪意の多寡が違う。

しかしそのうち、業者のほうから心配されるようになった。

「この店くらい注文が細かい店、他にないですよ。凄いですねぇ」

凄いですねぇ、というのはもちろん嫌味だ。小渕さんがこの嫌味を流せずに電話口で口籠っていると——。

「あっ、気にしないでください。いいことですんで。あっ、そうだ、ちょっとオマケさせてください」

その業者は、次に来たときにある封筒を持ってきた。社名の入った大判の封筒で、中には更に白い封筒が何枚も入っている。

「それね、キャビネットとか、お酒置いてるところに入れておいてください」

御札だった。

普段ならば「こんなもの」と思ってしまう小渕さんだったが、ここは藁にでも縋りたい。すぐに試してみたところ、一月、二月と過ぎても酒に異変が起きることはなくなった。

小渕さんは別の筋からも御札を数枚入手した。それをカウンターの下、ロッカーの裏などに貼った。

曲がりなりにも客商売であるので、客の目に付く場所はまずい。仕切りの向こうの、プレイルームも目が届かないので貼らずにおいた。

すると、例のざわめきがすっかり収まった。

地震かと思ってもグラスが揺れていない地鳴りも、女性客がたまに怪訝な顔で天井を見回すといったこともなくなった。

「少しは信心深くなったかもね。神棚もなかったけど今はあるし。うちみたいなハプバーってのは辛気くさいのはいけねえなって思って置いてなかったんだけど、やっぱりね、客商売ってのは縁起を担いでナンボなんだなって」

二年ほど何事もなく過ぎた。

「ねえ、マスターさん。この店って何かいんの」と訊かれることも何度かあった。

内心ギクリとするモノを隠しても、「何もいないよ」と答えることはない。話術としてよくないからだ。

「何かって何？　何かいた？」

「シャワー浴びてるとさ、背中側に何かいる気がするんだよね。赤ちゃんの泣き声とか、変な歌とか聞こえたときあるし」

「そうなんだよねぇ。だからうちのシャワーには、鏡がない」

「ちょっと、やめてよ……」と、女性客は文字通り青ざめた。

近頃土曜になると毎週のように来るカップル、さっちゃんとマーシーがカウンター席で飲んでいた。

二十時頃、この二人がプレイルームで遊んでいたときはギャラリーも大勢いたのだが、皆帰ってゆき、カウンターにはこのカップルだけだった。

小渕さんを交えて談笑していたとき、カウンターの上でぶるぶると何かが震えた。

おや——と見ると、二つ並んだグラスの片方だけがブーブーと震えている。

「携帯？」とマーシーが覗き込んだが、この店は携帯禁止である。携帯電話はクロークのロッカーに入れなければならない。これは特例なしの厳格なルールだ。

何となく厭な予感がした小渕さんは「取り替えますね」と言って、まだ中身が半分ほど残ったそのグラスを下げた。

「終電ないじゃん」

背後で、さっちゃんが声を上げる。時計を見ると零時半を過ぎている。

「奥の連中、まだヤッてんの？　どうやって帰るつもりなんだろ」

「まー、土曜だからな。オールナイトでいけるっしょ」

小渕さんとしては構わない。週末なら一晩店を開けてる内、誰かが来ることもままある。

「ねぇ、私達も混じってこようか」

悪戯っぽくさっちゃんが笑った。

「止せよ、知らない奴だろ」

「顔見た？」

「いやー、顔まで見てないけど——でも、何か知らない奴だったじゃん？　雰囲気とか」

小渕さんが新しいグラスにカクテルを注ぐ間にも二人は盛り上がっていたが、ふと、彼は釈然としないものを感じていた。

ここは厳格な会員制のバーである。今日新たに入会した客はなく、小渕さんが忘れてしまうほど疎い客もいなかった。

つまり、全員の顔を覚えており、その前提で言えば——目の前の二人を除き、他の客は全員帰ったはずである。

〈奥の連中〉など、いないはずなのだ。

「奥に誰かいる？」と、小渕さんは小声で訊ねた。

さっちゃんはキョトンとした。

「さっきも全裸で後ろ、ウロウロしてたでしょ」

如何にハプニングバーといえど、バスローブもなく全裸でうろうろするのは普通ではない。もし見かけたら小渕さんは絶対に「ローブ羽織るか、パンツだけでも履いてください」と注意する。そのように無粋な客を矯正することは、この店を作った目的の一つでもあったのだから、これに間違いはない。

プレイルームのほうを見ると、何の音もしないが——。

そちらを眺めつつ、小渕さんは「ううん」と唸った。小渕さんが知らない全裸の男性客など、まず考えられない。だがそれでも百パーセント確実と言えるまでの自信はない。

「さっちゃん、マーシーとちょっと様子見てきてくれる？」

お客を顎で使うようであるが、これも小渕さんの気遣いである。さっちゃんがまたプレイルームに行きたそうにしているのにマーシーが嫌がっていると判断したからだ。

案の定、さっちゃんは「ねえねえ、見てみようよ」とマーシーの腕を掴んで止まり木から離れた。

二人はサロンへ入り、さっちゃんが覗き窓からプレイルームの中を見た。

そして、無声のまま驚いてマーシーを手招きする。続いて覗いたマーシーも驚き、窓から中を凝視している。

状況からして、中で何かが行われているのは明白だった。

二人は驚きと笑いと、恐怖の表情をくるくると目まぐるしく変化させながら戻ってきた。

「一人でSMやってる！」

その一言だけで、小渕さんも驚きと笑いと恐怖をくるくるさせ、見に行かねばならないと動いた。

「ねぇ、凄いよ！　どうやってるんだろう！　早く早く！」

声を潜めたまま、さっちゃんは嬌声を上げた。

小渕さんも「どれどれ」と窓から中を覗き込む。

天井から垂れる無数の太い縄——その先端には、どれもつり革ほどの輪が作られていた。

その縄の間に、全裸の男が寝そべったまま浮いているように見えた。

一人で一体、どうやってこんな——と小渕さんは驚いた。室内には確かに彼一人だけで、人が隠れられるような死角はない。

プレイルームは真っ暗にはならないが、薄暗くすることはできた。宙に浮いても真下を向いていれば顔までは見えない。

痩せ気味ではあるが、腹だけが妙に出た中年の男だった。この仕事をしていれば、毎週イヤというほど見るありがちな体型だ。

だが、その貧弱な白い足は、片方は腹へ、片方は背中側から首へと回っており、まるでそれは——。

「ねぇ、アレ、人間？」

背後で、さっちゃんが呟いた。

彼女が本気でそれを人間でないと思ったのかどうかは分からない。それでも俄（にわか）に、小渕さんはハッとした。

「ちょっ——お客さん!?　大丈夫!?」

小渕さんはパーティション横のカーテンを開けて中へ踏み込んだ。

勘違い見間違いでプレイの邪魔になったとしても、「何だよ驚かすな」とこっちが文句を言って然るべき状況と判断したからだ。

だが、踏み込んだその部屋には、誰もいなかった。

さっき無数に垂れていた縄も、一本たりともない。

ただしその代わり、空気がざわついていた。

鏡、物入れ、マットレス——。窓のない部屋の、そうしたものの隙間の空間が、びりびりと震えるようだ。

開業以来、一番激しい。海のただ中にいるような、ざわめきの圧だった。

「あれ？　何で？　誰もいない？」

「いやこれ、ヤバいよ――」

すぐ背後で二人がパニックを起こしたが、それが気にならない程のざわめきである。小渕さんが放心しつつプレイルームから出ると、二人の姿はもうなかった。

翌週から二人は来なくなった。

一度だけマーシーが一人で来たが、あまり元気はなかった。小渕さんは別に口止めをした訳ではなかったが、妙な噂が広がることもなく、他の客は何も知らないようだった。

小渕さんはプレイルームのリフォームを決めた。

結局、そこにだけは御札を貼っていなかった。壁紙や床の汚れも酷くなっていたし、この機に御札を貼る場所をどうにか都合しようとしたのだ。

「物入れとかはお客が開けるし、イベントやら何やらでしょっちゅう動かすから、いい場所なかったんだよねぇ」

二人の業者が壁紙を剥がしたとき、小渕さんは絶句した。

プレイルーム入って正面の、一番大きな壁面だった。

壁紙の下、打ちっぱなしのコンクリートの壁に、大きな赤い円が描いてあったのだ。

小柄な女性ならちょうど背丈に及ぶだろう、大きな赤黒い円である。線の幅は掌ほどだが、所々指先で擦ったようになっている。

幅こそ頼りなくよれているが、それは真円に近く、より病的である。

彼は初めて「禍々しい」と感じた。

これはそれまで彼の語彙にはなかった感覚だった。キモいでもエグいでもなく、禍々しかったのだ。

開業前の改装工事は、彼も立ち会っていた。そのときにはこの壁にこんなものはなかったはずだ。

「ああ、この面、古い壁紙の上に重ねて貼っちゃってますね」

業者は事もなげに言った。

最初のとき、ちょうどここの壁を処理中に、あの〈ドーン〉という衝撃があった。皆が狼狽(うろた)えた結果、この壁の処理を間違えてしまったのだ。

どうにか消してくれと頼んだところ、業者は頑張ってくれたがコンクリートに浸み込んでいて溶剤でも完全には消せないと言われてしまった。

「表面はポロポロ取れましたが根が深い。どんな塗料で描いたんでしょうね……。未知の塗料です。コンクリ削るしかないです」

それも頼んだ。

グラインダーのような機械で壁を薄く削り取ると、ようやく謎の赤丸は消えた。

御札を四枚業者に渡して、壁紙の下にこれを貼ってくれと頼むと、業者は考え込んだ。

「お勧めはしませんね。御札を埋め込むなんて……。どうしてもっていうならやりますが、それよりも他の壁も調べてみたほうがいいかもしれませんね」

小渕さんにとって考えたくはなかったことだった。

「もっとお金に余裕があるときにお願いします」

何故か申し訳ない気持ちになった小渕さんは名刺を受け取り、部屋の角で小さくなっていた。

今も店はそれなりに繁盛している。

そのうち名刺の番号に電話をして、壁と天井を隈なく調べてもらうつもりだという。

禁じられた遊び

大原さんが小学校へ進む前の話である。

彼は近所の子供達とは馬が合わなかったのか、一緒になって遊んだりすることはめったになかった。

もっぱら独りで遊んでいたのだが、一時期熱中していた遊びがあった。

しかし遊びといっても決して微笑ましいものではなく、聞いただけで眉を潜めてしまう類と言わざるを得ない。

それは、小さな生き物を捕獲しては否応なしに殺していたことである。

それ自体は子供の成長過程では必要なのかもしれないし、誰もが通った道なのかもしれない。

だが、彼の場合は少々毛色が異なっていた。

最初の頃は蜻蛉（とんぼ）や蝉等の昆虫を玩具にして満足していたのだが、次第にそれらでは物足りなくなっていった。

「何かね、虫だとヤッてる気がしなかったんだよね」

そこで着目したのが、近所で簡単に捕獲可能な魚類や爬虫類等である。

彼らは比較的簡単に捕まえることができた。また、容易に血を流した。

「病気、と診察するんですよ、そして手術する。そんな遊び、ですね」

何かのテレビドラマかマンガから影響を受けたのかもしれないが、今となっては不明である。

とにかく、捕まえた生き物を適当に病と診察しては、愛用の黄色いカッターナイフで腹を捌いて「手術」を行った。

溢れ出す血液をものともせず、彼は内臓の一部を切除することに没頭したのである。

彼の脳内の設定によると、その部位を取り除きさえすれば、その生き物は死なずに済むはずであった。

そして自宅の裁縫箱から失敬してきた縫い針と木綿糸で、しっかりと縫合する。

縫合が完了した後は、速攻で川や沼に戻すことを常としていた。

大原さんにとって、その後彼らがどうなってしまったのかはまるで関心がなかったのである。

ただ、自分の行ったことに満足感を覚えていた。

大原さんは母親にねだって、近所の玩具屋で昆虫採集セットを買ってもらった。

何故なら、あるとき手術前の鯉が暴れて、ナイフで自分の手を切ってしまったため、麻酔の必要性に駆られたからである。

それには、赤や緑の液体と一緒に針付きの注射器がセットになっていた。

当初はこれらの液体に麻酔の作用があると思っていたのだが、鮒に何度試してもぴちぴちと元気に跳ねるばかりであった。

少々落胆したが、しかしまだ注射器が残っている。

どうにかして麻酔薬を手に入れて、これで注入すれば、彼らの痛みも最小限に治まるに違いない。

しかし、彼の目論見は外れてしまった。

麻酔薬が何処にも売っていないのだ。

スーパーや文房具屋に行ってもそれらしきモノはなかった。

困り切って街中を徘徊（はいかい）していると、最近できた薬局が目に入った。

大原さんはおもむろに店内へと入っていくと、レジ前に座っていたおじさんに話し掛けた。

「すみません、麻酔薬が欲しいんですが」

少々面食らった薬局の主人は、大原さんを咎（とが）めるかのような強めの口調で言った。

「マスイ？　麻酔なんて、何に使う気だい？」

大原さんは力説した。

病気になってしまった動物達を、自分が如何に助けようとしているかを。

自分の切開と縫合の腕前が、どれだけ早くて正確かを。

店主は戸惑いながらも、興味を失ったかのように面倒臭そうに言った。

「だったら酒がいいな。酔わせればいいんだよ」

その言葉を聞くなり、彼は困り切ってしまった。

以前父親に頼まれてビールを買いに行ったことがあったが、どうしても売ってくれなかったことを思い出していたのだ。

「……あ、そうだ！」

彼はあることに思い当たって、その場所へと小走りに向かっていった。

町の外れにある運動公園の近くの道路脇に、小振りな地蔵が三体ほど祀られていた。

いずれも数十センチ程度の小さなもので、薄い小豆色の前掛けをしている。

その右端の地蔵の前に、未開封のカップ酒が供えられていたのである。

商品名が印刷されたラベルは、日焼けで薄くなってしまい全く読むことができない。

彼は躊躇（ちゅうちょ）することなく清酒のカップ酒を手に取ると、すぐさま家へ向かっていった。

夕闇が次第に広がっていき、やがて全てを包み込もうとしていた。

夕映えの中、汚泥の臭いが辺りに漂う、薄汚い小川のほとりに少年はしゃがみ込んでいる。

彼の側には蓋の開いた、日焼けしたラベルが貼られた清酒のワンカップが無造作に置いてある。

足元には腹を割かれて縫い合わされた鯰(なまず)や殿様蛙が、朱く染まった腹を空に向けていた。

彼らはまるで死んでしまったかのように動かなかったが、きっと麻酔が効いているせいに違いないと、大原さんは思った。

彼は奇声を上げながらワンカップを川に蹴り入れると、満足した表情を浮かべながら患者達を川へと戻し始めた。

継ぎ接ぎだらけの白い腹を浮かべながら流れ去っていく彼らを横目に、彼は新たな獲物を物色するべく網を手に取った。


その日、今まで以上の満足感を得ながら眠りに就いた大原さんであったが、朝になると猛烈な嘔吐感で目が覚めてしまった。

何だ、これ。回る回る。頭が回る。吐いちゃう、吐いちゃう。ううっ、物凄く気持ちが悪い……。

喉元まで込み上げてくるものを我慢しつつ、這いつくばりながら居間にいる母親の元まで辿り着いた。

母親は苦しそうな息子の姿を見るなり酷く驚いたが、やがて鼻をくんくんと鳴らし始めた。

「アキラっ！　あんた、お酒飲んだでしょぅぅっ！」

自分では分からなかったが、実は相当に酒臭かったのである。

だがもちろん、彼に飲酒の事実はない。

大原さんは否定するつもりで首を左右に振ったが、それが思わぬ効果をもたらしてしまった。

うっ、うっ、うっっっっっぐっっっ……。

見る見るうちに彼の顔面が青ざめていき、遂に喉の堤防が決壊した。

うっ、うっ、うっ、えろえろえろえろえろっ……。

佇む母親の足元に、彼は胃の内容物を全てぶちまけた。

「ア、アキラ！　ちょっと、大丈……」

唐突に、彼女のヒステリックな甲高い悲鳴が居間に鳴り響いた。

「ああっ！　ちょ、ちょっと！　アンタ……アンタっ！」

目一杯剥かれた視線が指し示す先には、バラバラになった蛙や魚が散らばっていた。

消化し切れなかったそれらの生臭い香りとアルコール臭が居間に充満する。

うっぷ……うっ……うっ……。

口元を両手で押さえながら、母親はトイレへと駆け込んでいった。

開け放たれたドアを通して聞こえてくる、母親の嘔吐音。

容赦なく迫りくる嘔吐感に苛まれ、そのあまりの苦しさに薄れゆく意識の中で目にしたある光景を、大原さんは強烈に覚えている。

白装束を身に纏ったやや大柄の髪の長い少女が、母親の胸にひしと張り付いていたのだ。

母親は少女の存在に気付くことなく、胃の内容物を吐き出すことに没頭している。

そのとき、少女の顔がこちらに向けられた。

爬虫類を思わせる冷酷な眼差しは、倒れている大原さんをしっかりと捉えていたのである。

少女は母親の身体からすぅと離れると、一瞬の内に彼の目の前に現れた。

冷え切った目から繰り出される視線が槍のように突き刺さり、彼は鋭い痛みすら感じていた。

逸らすしかなかった視線の先には、今まで見たことないほど大きな口が薄っぺらな唇に守られている。

その鰐口が奇妙にねじ曲がり、彼に向かって一言二言呟いた。

何を言われたかは全く分からなかったが、それが合図にでもなったのであろうか。

大原さんの意識は次第に細くなっていき、いつしか暗闇へと消えていった。


「あの後は、もうね。地獄、の一言」

病室で目覚めた大原さんを待っていたのは様々な検査であったが、何処にも異常は見当たらなかった。

二日ばかり入院してから無事退院した彼を待っていたのは、二つの出来事であった。

一つ目は、あの少女である。

彼女は家の中の至る所に現れるようになってしまった。

廊下を歩いているときに突然目の前に出現したり、夜中に目を覚ますと天井に張り付いてこちらを覗き込んだりしていた。

最初は大原さんの前にだけ現れていたのであるが、次第に両親も彼女を目撃し始め、毎日のように悲鳴が聞こえるようになってしまった。

攻撃的な何かをする訳でもなくただただ現れ、そしてすぐに消えてしまう。

その繰り返しではあったが、住んでいる人達から見れば堪ったものではない。

困り切った両親は大金を叩いてお祓いまでしてもらったが、何の効果も現れなかった。

もう一つは、臭いである。

とにかく、臭く耐え難い。自分の部屋や居間のみならず、家中の全ての場所にある臭いが染みついていたのだ。

それは、アルコールと生臭い香りであった。

これに関しても両親は色々な対策を試みたが、効果は一切なかった。

しかも他の臭いであれば慣れてしまうこともあるだろうが、これにだけは慣れることはできそうもなかった。

両親の機嫌は悪化の一途を辿り、それは当然のごとく原因と思しき息子へと向けられた。

一体何をしたんだ、と不機嫌で尖りきった両親からは毎日のようにこっぴどく叱られた。

何もしていない、遊んでいただけ、と必死で弁明してはみたが、これがまた火に油を注いだ状態になってしまったのである。

やがて大原さんの母親は精神を病んでいった。

ぶつぶつと独り言が多くなっていき、一日中壁に向かって話し掛けるようになってしまった。

困り切った父親は彼女を救うべく専門医に委ねることにした。

だが母親は入院する日の前日、欄間に掛けた帯で頸(くび)を括ってしまったのである。

それを切っ掛けに、大原さんの父親は自宅を手放すことを決めた。


「こんな話だけど、面白くないでしょ？」

冷たい眼差しで、大原さんは何故か私を睨め付けた。

「んじゃ、今日は夜勤なんで失礼するよ」

彼はそう告げると、辺りに一瞥をくれながらおもむろに喫茶店から出ていった。

子供の頃の鍛錬が幸いしたのであろうか、彼は外科医として大病院に勤務しており、既にベテランの域に達している。

著者あとがき

つくね乱蔵

酒は人の本能に深く繋がっている。飲めば、抑圧された欲望や怒りや悲しみが解放される。

それは時に、禍々しいものも呼び寄せる。酒も怪談もほどほどに楽しむほうが良い。

橘　百花

飲める人が羨ましい。酒が強そうで全く飲めない。そんな私にとって最も難しいテーマの仕事となりました。御協力頂いた方々と読者様、ありがとうございました。

鳥飼　誠

お酒を飲めない私はきっと損をしているのでしょう。飲めたらもっと効率よく今回のテーマに沿ったお話を収集できたと思うからです……。

神沼三平太

最近ほとんどお酒を飲まなくなりました。以前は割と飲んだんですが、酔うとすぐ眠くなってしまうので、最近はもっぱらノンアルコール。でもお酒は嫌いじゃないほうです。

渡部正和

最近酒量が増えてきたような気がします。家人には口を酸っぱくして減らすよう言われていますが、どうにも止められそうもありません。煙草からは無事卒業できたんですがねえ。

戸神重明

十二月十一日（日）に「高崎怪談会5　少林山達磨寺編」を主催します。観覧者を募集中です。詳細と予約は「高崎怪談会」でネット検索を。それでは、魔多の鬼界に！

三雲央

ねこや堂

鈴堂雲雀

久田樹生

高田公太

加藤一

雨宮淳司

深澤夜

酒にはあまり強くありません。ですので飲みの席では大抵つまみの類を人一倍食べることで元を取っています。最近はデザート類も充実していて嬉しいです。

酒は好きですが、大事に胆石を育てているので飲めません。一升瓶を三本一晩で友人と空けたのは若気の至りです。もうしないよっ。

お酒が大好きな私は浮遊霊となり、彼方此方の飲み屋に通い続けることでしょう。そして、その時代の怪談になれたら幸いです。

今回、タイミングを含め、様々な行幸を得て書けたように思います。詳しくは本編を御覧下さい。体験者のお二方、並びに読者の皆様に感謝致します。

酒は好きです。飲んで浄化されるものが確実にあります。しかし、量が過ぎると澱むものもありまして、そのあたりがアレですね。みんな、ごめん。

僕は日本酒党ですが、酒場は怪談の仕入れ先でもあります。酒が入ると皆さん饒舌になって普段忘れている話を思いだし、代わりに酒の席での狼藉を綺麗さっぱり忘れるという。

「アブサン」に出てくるアブサンは、ヴェルサント・ラ・ブランシェという奴らしいです。加糖されていないので、正式でない「角砂糖＋炎」でも美味しいとか。お試しを。

チーズフォンデュの、揮発するワインのアルコール分で酔っ払う人いますか？　僕がそうです。以前名刺を頂戴した怪談バーにも行けてないな。飲めないけどそのうち行きます。

竹書房ホラー文庫、愛読者キャンペーン!

心霊怪談番組「怪談図書館's黄泉がたりDX」

*怪談朗読などの心霊怪談動画番組が無料で楽しめます!

*12月発売のホラー文庫3冊(「実話コレクション 邪怪談「怪談五色 破戒」「恐怖箱 酔怪」)をお買い上げいただくと番組「怪談図書館'S黄泉がたりDX-34」「怪談図書館'S黄泉がたりDX-35」「怪談図書館'S黄泉がたりDX-36」全てご覧いただけます。

*本書からは「怪談図書館's黄泉がたりDX-36」のみご覧いただけます。

*番組は期間限定で更新する予定です。

*携帯端末(携帯電話・スマートフォン・タブレット端末など)からの動画視聴には、パケット通信料が発生します。

パスワード
bhw449wp

QRコードをスマホ、タブレットで読み込む方法

■上にあるQRコードを読み込むには、専用のアプリが必要です。機種によっては最初からインストールされているものもありますから、確認してみてください。

■お手持ちのスマホ、タブレットにQRコード読み取りアプリがなければ、i-Phone,i-Padは「App Store」から、Androidのスマホ、タブレットは「Google play」からインストールしてください。「QRコード」や「バーコード」などと検索すると多くの無料アプリが見つかります。アプリによってはQRコードの読み取りが上手くいかない場合がありますので、その場合はいくつか選んでインストールしてください。

■アプリを起動した際でも、カメラの撮影モードにならない機種がありますが、その場合は別に、QRコードを読み込むメニューがありますので、そちらをご利用ください。

■次に、画面内に大きな四角の枠が表示されます。その枠内に収まるようにQRコードを写してください。上手に読み込むコツは、枠内に大きめに収めることと、被写体QRコードとの距離を調整してピントを合わせることです。

■読み取れない場合は、QRコードが四角い枠からはみ出さないように、かつ大きめに、ピントを合わせて写してください。それと手ぶれも読み取りにくくなる原因ですので、なるべくスマホを動かさないようにしてください。

本書の実話怪談記事は、恐怖箱 酔怪のために新たに取材されたものなどを中心に構成されています。快く取材に応じていただいた方々、体験談を提供していただいた方々に感謝の意を述べるとともに、本書の作成に関わられた関係者各位の無事をお祈り申し上げます。

あなたの体験談をお待ちしています
http://www.chokowa.com/cgi/toukou/

恐怖箱公式サイト
http://www.kyofubako.com/

恐怖箱 酔怪

2016年12月6日　初版第1刷発行

編著　加藤 一
共著　雨宮淳司／神沼三平太／高田公太／橘百花／つくね乱蔵／戸神重明／鳥飼誠／ねこや堂／久田樹生／深澤夜／三雲央／鈴堂雲雀／渡部正和
総合監修　加藤 一
カバー　橋元浩明（sowhat.Inc）
発行人　後藤明信
発行所　株式会社　竹書房
〒102-0072　東京都千代田区飯田橋2-7-3
電話 03-3264-1576（代表）
電話 03-3234-6208（編集）
http://www.takeshobo.co.jp
印刷所　中央精版印刷株式会社

定価はカバーに表示しています。
落丁・乱丁本は当社までお問い合わせ下さい。

ISBN978-4-8019-0926-7 C0176